I0745099

EL AUSENTE

RAÚL GARBANTES

Copyright © 2018 Raúl Garbantes

Producción editorial: Autopublicamos.com
www.autopublicamos.com

Diseño de la portada: Giovanni Banfi
giovanni@autopublicamos.com

Todos los derechos reservados. Ninguna parte de esta publicación puede ser reproducida, distribuida o transmitida en cualquier forma o por cualquier medio, incluyendo fotocopia, grabación u otros métodos electrónicos o mecánicos, sin la previa autorización por escrito del autor, excepto en el caso de citas breves para revisiones críticas, y usos específicos no comerciales permitidos por la ley de derechos de autor.

Esta es una obra de ficción. Los nombres, personajes, instituciones, lugares, eventos e incidentes son producto de la imaginación del autor o usados de una manera ficticia. Cualquier parecido con personas reales, vivas o fallecidas, o eventos actuales, es pura coincidencia.

ISBN: 978-1-922475-01-5

Redes sociales del autor:

goodreads.com/raulgarbantes

instagram.com/raulgarbantes

facebook.com/autorraulgarbantes

Obtén una copia digital GRATIS de *Los desaparecidos* y mantente informado sobre futuras publicaciones de Raúl Garbantes. Suscríbete en este enlace: https://raulgarbantes.com/losdesaparecidos

ÍNDICE

PRÓLOGO

DIEZ AÑOS atrás

Stanley Douglass se aferraba al volante y mantenía los ojos fijos en la ruta. El autismo, que le había dificultado durante toda su vida las actividades intelectuales complejas, a menudo le favorecía cuando se trataba de sostener la concentración en un punto determinado. Por eso su mente, tan tosca en otras ocasiones, registraba ahora cada milímetro del paisaje frente a él: cada cartel lateral, cada pájaro que surcaba el cielo sin nubes, cada auto que asomaba por el retrovisor o cuya figura comenzaba a insinuarse tras el vidrio delantero. Incluso percibía las oscilaciones en los rayos de sol, que, según el segmento del camino, aumentaban o disminuían la intensidad de su luz en el asfalto, dibujaban una mayor o menor cantidad de vetas sobre el gris. Y las vetas a su vez cambiaban de forma: se estiraban, se ampliaban, se contraían.

Stanley consideraba maravilloso el clima de aquella tarde: permitía que se lucieran como pocas veces los atributos de Tallahassee, la ciudad en que estudiaba, y la belleza general de todo el estado de Florida. Él no hubiese podido razonar acaso si su orgullo influía en su percepción del exterior: un pensamiento de esa clase le hubiese demandado una capacidad de abstracción ajena a sus posibilidades.

Pero hoy su orgullo provenía de un carné: un simple papel plastificado con su foto, su nombre y algunos otros datos, rubricados por un sello estatal. Obtener la licencia de conducir implicaría, para cualquier otro joven de veintidós años, un hecho natural, en absoluto algo meritorio. Sus compañeros de facultad, incluso, considerarían a esa edad bastante tardía. Pero Stanley no era un joven cualquiera: había visitado demasiados consultorios y realizado exámenes ante demasiados especialistas. Y consiguió gracias a ellos y sobre todo a su inquebrantable fuerza de voluntad, romper los límites y superar su condición.

No solo había coronado su primer año en la facultad con excelentes calificaciones, sino que ahora, y contra muchos de los pronósticos, Stanley estaba allí, conduciendo sin inconveniente alguno. Y si a algún policía se le ocurriese detenerlo para una comprobación rutinaria, él podría mostrarle su flamante licencia y seguir su camino.

Aunque, a decir verdad, Stanley no seguía ningún camino en particular. Aquello era un viaje de placer, en el sentido más riguroso de la expresión: él gozaba con el mero hecho de estar viajando por sí solo, no el de llegar a alguna meta. Todo le costaba el triple que a los demás, y por eso también disfrutaba el triple cualquier objetivo que alcanzaba. Si debía quedarse estudiando diez horas seguidas para comprender lo que a otros les demoraría dos, no dudaba en aplicarse a ello. Así, se había ganado el respeto, y hasta cierta admiración, de no pocos compañeros y profesores.

Stanley seguía manejando, y sonreía con satisfacción. La ruta se veía bastante desolada. Él apenas debía cuidarse, tal como sus padres le advirtieron, de algún animal que pudiese cruzarse de repente, ya que a los lados del camino se extendía un bosque de considerable tamaño. Sin embargo, esto no solía suceder, ni había en la zona animales tan grandes como para causar un choque. «Una ardilla no provoca que un auto se salga del camino, Stanley, maneja con tranquilidad», le dijo su padre. Y él ahora se repetía esa frase en la cabeza, mientras no dejaba de alternar su mirada entre el vidrio delantero, el espejo retrovisor y los espejos laterales.

Y fueron precisamente los espejos los que le permitieron percibir un auto detrás de él, por el momento, a una distancia prudencial. Desde hacía unos minutos que aquel vehículo no se quedaba más atrás ni se decidía a pasarlo, sino que viajaba a una velocidad constante. Pero lo que le llamó la atención es que, después de que él tomara un desvío, este continuara allí. Dobló por donde lo hizo Stanley, manteniendo la distancia. Y, entonces, comenzó a sospechar que aquel auto lo estaba siguiendo.

Y se acercaba. Advirtió que se trataba de un Honda Civic —él siempre fue muy bueno para reconocer modelos de automóviles y recordar marcas de productos en general—. Los vidrios polarizados le impedían siquiera entrever al conductor, y por un segundo se le pasó por la cabeza la absurda idea de que nadie conducía, que el Honda se movía por sí mismo con el deseo de perseguirlo.

Una idea absurda, desde ya. Pero lo cierto era que el auto se acercaba cada vez más sin mostrar intenciones de pasarlo, a pesar de que Stanley se corría hacia la derecha ofreciéndole el espacio para hacerlo.

Cuando tomó otro desvío, y el Honda volvió a doblar detrás de él, Stanley comenzó a experimentar cierto desconcierto. Se preguntó si podía tratarse de una casualidad, no sería la primera vez en la historia en que dos conductores siguiesen idéntico camino. Sin embargo, ese paulatino acercamiento de su presunto perseguidor, y esa manera tan sutil como indudable en que reducía la distancia con él, lo llevó a pensar que el comportamiento del conductor del Honda era deliberado.

Stanley se preguntó qué haría su padre de encontrarse en su situación.

No tuvo demasiado tiempo para responderse aquella pregunta. El Honda aceleró de golpe, volviéndose cada vez más grande en el reflejo del retrovisor. Y Stanley, al voltear para verlo, lo percibió como a un suceso irreal, inverosímil, casi absurdo; semejante a una película que sin ningún aviso ni razón aparente comienza a moverse a cámara rápida.

El impacto del Honda contra el parachoques provocó que su auto —un Peugeot con unos cuantos años de antigüedad, y que su padre había conservado para que en un futuro lo usase su hijo— se sacudiese igual que un avión en plena turbulencia. Y podría decirse que Stanley, de algún modo, salió *volando*, aunque nunca abandonó la tierra. Por el contrario, el Peugeot viajaba —por cuenta propia— hacia el bosque. Y Stanley, ya a merced de la inercia, se sintió más impotente que nunca, como si un destino arbitrario y cruel hubiese roto todos sus sueños, todos sus esfuerzos por no depender de nadie.

Ahora Stanley era un mero juguete de la gravedad.

En el presente

Moviéndose levemente de un lado a otro en la silla giratoria, con las piernas cruzadas y el bolígrafo apoyado en los labios, Lydia Chen leía sin excesiva atención aquel recién publicado *paper* que le había recomendado uno de sus colegas terapeutas. El autor era un reconocido neurocientífico, y que sin duda ponía el mayor empeño en sus investigaciones. Lydia, igual que el colega que le recomendó el texto, creía que el estudio del cerebro a nivel físico resultaba complementario, y no antagónico, a la Psicología en sentido tradicional. Sin embargo, y por mejores intenciones que tuviese el prestigioso autor, aquel era otro intento infructuoso del cerebro de comprenderse a sí mismo. La neurociencia siempre se quedaría en los aspectos superficiales: una zona que se activa ante un estímulo, otra zona inactiva que provoca cierta deficiencia del sujeto para una tarea determinada... Todo eso estaba muy bien, pero en la práctica cotidiana, en la sagrada misión de conceder a los pacientes una vida grata, o al menos llevadera, terminaba sirviendo de poco.

Lydia suspiró y se echó hacia atrás en la silla, ya sin balancearse. Apartó la vista de las páginas y contempló a través de la ventana el campus de la Universidad de Emory, en Atlanta, la capital de Georgia. Aquel era su ecosistema habitual, aunque su participación en él fuese como testigo, desde su despacho. Y a menudo se recreaba, igual que ahora, en la visión de esos jóvenes que durante los recesos entre clase y clase caminaban de un lado a otro, cargando apuntes, discutiendo ideas. Aunque, pensaba Lydia, antes que nada, intentarían seducirse unos a otros. A fin de cuentas, no solo de las pasiones intelectuales vivía un ser humano.

Ella se preguntó por qué le costaba tanto concentrarse en aquel *paper*, y por qué se ponía a pensar en otro tipo de cosas tan poco académicas.

Quizá, se dijo, se debía a la pelea que había librado anoche con Sean. La última de una serie cada vez más previsible de desacuerdos y conflictos. Lydia ya ni siquiera recordaba el detonante de la discordia. Solo el estruendo de los gritos, y que él terminó por dormir en el sofá. Saber qué zona del cerebro se había activado en cada uno le resultaría escasamente útil para mejorar la relación entre ellos.

A Lydia le hubiese gustado salir a correr, descargar su frustración ejercitando su cuerpo. Y más teniendo en cuenta que con Sean cada vez se *ejercitaban* menos a la hora de ir a la cama. Ni siquiera las reconciliaciones funcionaban como aliciente.

No pudo evitar una punzada de envidia al mirar por la ventana a un chico y una chica que cruzaban el campus, caminando bastante cerca el uno del otro. Imposible saber si eran amigos, novios, amantes o apenas compañeros. Quizá empezaran siendo una cosa y terminaran siendo otra. Lo indudable era su juventud, y esa sensación de vertiginosa alegría que transmitían sus caras. Lydia recordaba cuando ella pensaba lo mismo que estarían pensando ellos: que todos los grandes eventos de su vida estaban *por suceder*, que el mundo era un infinito despliegue de posibilidades.

En ese presente suyo, por otra parte, a Lydia le gustaba su trabajo en Emory, tanto como a veces le hacía sentirse enclaustrada allí. Similares sensaciones le deparaban su tarea como terapeuta y consejera familiar: disfrutaba de desarrollar y mejorar sus estudios teóricos, y también de ayudar a sus pacientes a superar sus problemas. Esto no impedía a Lydia soñar con los viajes que, por uno u otro motivo, nunca se atrevió a emprender. Y de inmediato se corrigió a sí misma, ya que ese no era el modo correcto de expresarse: mejor decir que *todavía* no se atrevía a emprender. Hacía unos meses había cumplido los cuarenta y un años, y era demasiado joven como para empezar una colección de *nuncas*.

Esa tarde Lydia se encontraba particularmente ansiosa, y atribuyó esa ansiedad al torrente de pensamientos que la acosaban. Era la confabulación de siempre: los recuerdos del pasado y las ansiedades del futuro se asociaban para provocarle una profunda inquietud. No en vano Lydia debía dormir usando un protector bucal de plástico: ella rechinaba los dientes, y ya se los hubiese reducido a polvo de no contar con ese aparato.

A menudo le daba gracia imaginarse qué pensarían los pacientes de los conflictos, las contradicciones o incluso los tormentos de sus propios terapeutas. Suerte que no había razón alguna para que se enteraran.

Sin embargo, hoy la ansiedad de Lydia contaba con una justificación plena: el comité de la universidad le informaría de su decisión respecto a la propuesta que ella les había formulado un par de semanas atrás. Consistía en un tratamiento experimental para las personas con discapacidades de aprendizaje, un método nunca antes intentado, pero en cuya eficacia ella hubiese apostado su vida entera. Claro que no era una apuesta hecha a ojos cerrados: desde hacía años que practicaba estos métodos en determinados pacientes, concretamente en los que no mostraban avance alguno mediante los métodos de uso común. Y el nuevo tratamiento de Lydia había demostrado ser exitoso —aunque solo fuera en términos relativos— allí donde todo lo demás falló.

Ella le presentó al comité el resultado de esos experimentos, con las evidencias correspondientes. Y si bien una intuición muy relacionada al deseo, una persistente llama dentro de ella le decía que sí, que había llegado su hora y que ellos se verían casi obligados a aceptar su método, su parte más realista la inducía a temer por el resultado. Temía, más que nada, a la tendencia conservadora visible en algunos vetustos integrantes del consejo de Emory, por no hablar de la envidia que sus hallazgos podían despertar en otros. La gente ajena al ambiente académico quizá tuviese una imagen límpida de los universitarios, como si se tratara de seres de luz que no buscan otra cosa que la verdad y no conocen deleite superior al del pensamiento. Y emitir esa opinión probaba, precisamente, ese completo desconocimiento sobre lo que se juzgaba. Lydia estimaba a Emory y a muchos de sus pares que se desempeñaban allí, pero la envidia, la parcialidad y los «dinosaurios de bronce» —así llamaba ella a los conspicuos miembros de la rama más conservadora de Emory— existían en cualquier ámbito.

Y fue el sonido del teléfono lo que la sacó de sus reflexiones.

Lydia atendió y oyó la voz que esperaba: Frank Russell, el decano de la rama de Medicina.

—Lo lamento mucho, Lydia —dijo Frank. Ella sintió que su pecho era un vidrio al que acababan de arrojarle una piedra dura y pesada—. No aceptarán la aplicación de tu método, y lo más seguro es que te recomienden modificar la orientación de tus investigaciones.

Lydia lo sabía tan bien como el propio Frank: aquella era una manera eufemística de invitarla a que se dedicara a otra cosa.

—¿El rechazo fue unánime? —preguntó Lydia. Tenía una relación amistosa, bastante cercana con Frank, por eso él le anticipaba el resultado que el comité le comunicaría oficialmente mañana, o quizá pasado.

Frank no se decidía a contestarle. Lydia sospechó que él buscaba más eufemismos, pero que no le resultaba fácil suavizar la realidad.

—Dímelo, Frank. No mataré al mensajero.

—Bueno, Lydia, la verdad es…

—¿Qué? ¿Lo consideraron erróneo? ¿Inconsistente?

—Absurdo. Varios de ellos lo consideraron absurdo.

Lydia apretó las mandíbulas, como a menudo hacía de forma inconsciente al dormir. Le vino a la mente, sin que pudiera evitarlo, la imagen de aquellos dinosaurios sentados alrededor de la larga mesa redonda de la oficina que solía usar el comité, gastando bromas a expensas de ella y de su método, del trabajo que llevaba desarrollando con tenacidad durante años.

—Lo lamento, Lydia.

—Está bien, Frank. Te agradezco que me hayas avisado, así ya estaré lista para recibir la mala noticia.

—Si hay algo en lo que yo pueda…

—No es necesario, Frank. A veces suceden estas cosas. No es un velatorio.

Lydia mentía: a ella sí se le antojaba como un velatorio. Era la muerte de un proyecto en que invirtió todos sus recursos, energía y entusiasmo, y por el que no solo había obtenido una negativa, sino también una infame cuota de humillación.

Pensó que se pasaría los próximos días sumergida en el estupor y la desolación de un duelo, igual que si hubiese perdido a un amigo o a un familiar cercano.

—Gracias, Frank —volvió a decir y cortó.

Recién en ese momento advirtió un sabor amargo y un molesto hormigueo que le inundaban la lengua y el paladar. Se dio cuenta de que había mordido el bolígrafo con una violencia suficiente para romperlo en pedazos minúsculos que ahora flotaban en su saliva.

Se puso de pie. Escupió los pedazos de plástico en el pequeño tacho de la basura dentro del cual solía tirar los papeles inútiles.

«Si alguien me viera…», se dijo. «Pensaría que mis modales son los de un camionero».

Sin embargo, en ese momento los modales le importaban muy poco.

Tomó el celular y marcó el número de la casa en la que desde hace varios años convivía con Sean. Quería —o más bien, *necesitaba*— oír su voz, hablar con él. No le daría demasiada charla: simplemente le pediría perdón por sus ataques de mal humor, y prometería no volver a incurrir en ellos.

Y, mientras esperaba a que él atendiese, se lo prometió a sí misma: no se descargaría con Sean, no permitiría que sus frustraciones profesionales afectaran a su pareja. No era justo.

El tono siguió repitiéndose y Sean no atendió.

Cortó, y lo llamó a su celular. A esa hora solía estar en casa, pero quizá había salido.

Otra vez el tono metálico perpetuándose al otro lado de la línea, y ni rastro de la voz de su novio.

Lydia volvió a cortar, ya sin expectativas de llamar a ningún otro número.

Se arrellanó en la silla. Contempló, como si fuera la primera vez, su escritorio negro y redondeado. Posó los ojos sobre la computadora portátil, el cenicero inútil —ni ella fumaba ni nadie podía fumar dentro de la facultad—, el sacapuntas —casi tan inútil como el cenicero—, el anacrónico calendario de papel.

De las paredes colgaban sus diplomas de carrera, licenciatura y cursos completados. Una exhibición de logros tan típica como impúdica y que —acaso por una arbitraria convención social— la gente solo tolera en los profesionales de la salud y ramas afines.

Pero el comité había escupido sobre todo ese esfuerzo y esos reconocimientos, de igual modo que ella en el tacho de la basura.

Lydia se llevó las manos a las sienes y agachó la cabeza. Una helada opresión le subía desde el pecho hasta la garganta, pero no quiso llorar.

Lo único que quería era llegar a casa, tomarse un sedante y meterse a la cama como un insecto en un capullo. Quería olvidarse de todo, al menos por unas horas.

Pero no, eso no la dejaría verdaderamente satisfecha.

La opresión acababa de convertirse en una bola de fuego y Lydia experimentó un ardor repentino en las venas. Las mandíbulas se le cerraron de nuevo y la tristeza empezó a convertirse en otra cosa.

No: esta vez no se descargaría con Sean ni con nadie. Esta vez se descargaría con la persona indicada.

2

—No puede entrar ahora, el señor Fancy está ocupado…

Lydia ignoró la advertencia de la secretaria. Dio unos pasos más, hasta ponerse justo delante de la estrecha puerta. En una placa se leía: *John Fancy.* Y en otra, ubicada arriba, y escrito en letras de mayor tamaño: *Dirección del Departamento de Ciencias del Comportamiento.*

Lydia lo dudó por un segundo. Finalmente, abrió la puerta.

Al «señor Fancy» no se le notaba demasiado ocupado. Estaba solo, leyendo una revista, cerca de su computadora.

Levantó la vista hacia ella y dijo con tranquilidad:

—Lydia, ¿qué se te ofrece?

Aquel aplomo, aquella fingida indiferencia, resultaban mucho más insultantes que cualquier sobresalto o indignación.

—¿Se divirtieron ayer discutiendo mi propuesta?

—No sé de qué estás hablando, Lydia.

—Lo sabes bien. Hablo de mi proyecto, el nuevo método para los niños con dificultades de comportamiento. ¿O acaso no te dedicas a eso? Es lo que se lee en la placa de la puerta.

—Lydia, entiendo que quizá hayas oído por anticipado algo respecto a nuestra decisión y estés alterada, pero no me merezco que me trates de esa manera. No tienes derecho, el comité basa sus…

—Ustedes son los que no tienen derecho a burlarse de algo solo porque no lo comprenden.

—Lydia, nadie se burló de ti. Sucede que tus ideas quizá son algo…

—No hace falta que mientas ni que me convenzas de nada, John. —Lydia tomó aire antes de decir lo que pretendía decir desde que había entrado—. Mi estadía en Emory ya no tiene ningún sentido. Se terminó.

John Fancy abría la boca para hablar, tal vez para decir algo que la calmase, pero ella ya le daba la espalda.

Lydia Chen salió de la oficina dando un portazo.

De vuelta en su propia oficina, Lydia recogía sus cosas. Las colocaba con rencor en unas cajas que había pedido al encargado de limpieza. Metía allí el cenicero, el sacapuntas, el calendario, y se le antojaban símbolos de lo absurdo y lo inútil.

Una vez más marcó el número de su casa, para avisarle a Sean que hoy llegaría más temprano. Una vez más no obtuvo respuesta.

Golpearon la puerta de la oficina —por educación, ya que estaba abierta—. Ella no contestó, y la voz de Frank le habló desde el otro lado:

—Voy a entrar, Lydia.

Frank cumplió con su promesa y, una vez adentro, se tomó unos segundos para contemplar el panorama. Lydia no lo miraba a él: seguía recogiendo objetos y colocándolos en las cajas. Abría cajones que ya había abierto, sin sentido alguno.

—Veo que estás furiosa —dijo Frank.

Lydia estuvo cerca de responderle con alguna ironía, quizá alabando sus habilidades de deducción, pero pensó que Frank siempre la había tratado bien. Había sido uno de los pocos que en verdad intentó entender sus investigaciones y sus métodos antes de cuestionarlos solo por no ajustarse a la práctica tradicional.

—Sabes bien que no es bueno tomar decisiones en un estado así —dijo Frank al entender que ella no iba a responderle nada—. Deberías calmarte y reconsiderarlo. Ni siquiera has escuchado la respuesta oficial del comité. Ahora creo que no debería haberte anticipado nada…

—Hiciste bien, Frank —dijo Lydia al fin—. Hubiese resultado mucho peor para todos si me enteraba al enfrentarme con ellos. Y me importa muy poco perderme de los eufemismos con los que hubiesen adornado su negativa en una sesión oficial. La opinión que ellos tienen de mí no cambiará nunca, y más me vale irme de aquí.

—Insisto, Lydia: me parece una decisión muy precipitada.

Lydia, consciente de que ya no había más objetos que cargar ni cajones que abrir, se detuvo y miró a Frank a los ojos:

—Al contrario, creo que me tardé mucho. Siempre le agradeceré a Emory haberme permitido desarrollar mis investigaciones, pero desperdicié mi tiempo intentando que las consideraran con seriedad.

Frank intentó convencerla mediante algunos otros argumentos. Sin embargo, su convicción ya no era la de antes.

—Frank, te agradezco todo lo que has hecho por mí durante estos años. —Lydia le apoyó una mano en el hombro

—. Si quieres hacerme un último favor, no intentes convencerme de que cambie de idea. Simplemente ayúdame a llevar estas cajas hasta el auto.

Frank agachó la cabeza y fue a buscar una de las cajas.

❧

Lydia llegó a su casa unas tres horas más temprano de lo habitual. Antes de aparcar su Ford Focus, le llamó la atención un extraño movimiento de personas en la puerta. Tres extraños, hasta donde había contado ella, que entraban y salían.

Lydia se dio cuenta de que esos extraños cargaban cosas. En concreto, sus pertenencias: una de sus computadoras portátiles, una radio, un par de adornos, una máquina de afeitar eléctrica.

Durante un instante se le ocurrió que se trataba de un robo. Pero la disuadió el hecho de que todo aquello ocurriese a plena luz del día, y que los extraños actuasen a cara descubierta y con la mayor tranquilidad. Además, todo lo que se llevaban —salvo la computadora portátil— carecía de valor.

Entonces Lydia llegó a la conclusión a la que debería haber llegado desde el principio, de no ser porque su mente se negaba a aceptarlo. Toda pareja, por más que comparta sus bienes, establece que hay cosas *comunes* y cosas que pertenecen a uno de los miembros. Existen casos muy obvios y relacionados con la condición de hombre o mujer, como la máquina de afeitar o la plancha para alisar el cabello. En otros casos se trata de objetos más personales, vinculados a las aficiones y la idiosincrasia personal.

Lydia se dio cuenta de que cada uno de los objetos que esos hombres cargaban pertenecía a Sean.

Ya había aparcado el Focus. Se bajó, tomó aire y —

todavía sin poder creerse del todo lo que sucedía— corrió hacia la puerta entreabierta de su casa.

Encontró a Sean de pie, descolgando un cuadro. La pintura de un paisaje crepuscular que le encantaba, aunque Lydia siempre la había considerado burda y triste.

—Nunca en la vida habías llegado tan temprano —dijo Sean. —Una pena: no quería que vieras esto.

—¿Qué demonios estás haciendo, Sean?

Él le lanzó una sonrisa, una puñalada irónica:

—Creí que una académica como tú tendría la capacidad de deducirlo. No es tan difícil.

Lydia se sintió poseída por los infinitos demonios del infierno, arrasada por la más tormentosa de las furias. Si había un día pésimo para que Sean la abandonara, y para que se pusiese sarcástico sobre su condición académica, era ese.

Sin embargo, se contentó con apretar los puños y las mandíbulas. Respiró lentamente. Trató de calmarse.

—¿Te vas a ir, así sin más?

—Solo me llevaré mis cosas, no creo que extrañes nada.

—No me importan las malditas cosas, Sean.

Y, al contrario que cuando recibió la noticia de la negativa del comité, pasó de la furia a la tristeza.

En un tono más apocado, dijo:

—¿No crees que estás tomando decisiones en un momento de furia? ¿No sería mejor calmarse, tomarse un tiempo antes de actuar? ¿No deberíamos hablar sobre nosotros?

Recién al día siguiente Lydia advertiría que había interpretado frente a Sean el mismo rol que Frank interpretó frente a ella, hacía poco más de una hora, cuando intentaba convencerla de que no abandonara Emory. Y pensaría que los intentos de ambos habían fracasado rotundamente.

Pero en ese momento Lydia no podía comprender nada. Nada existía, salvo el dolor que la quemaba por dentro.

—Ya no nos queda nada que hablar, Lydia —dijo él con el cuadro bajo el brazo. —Lamento que deba terminar así, pero más lamentaría que volviéramos a reconciliarnos, solo para volver a pelearnos a los pocos días. Llevamos demasiado tiempo envueltos en ese círculo vicioso, y yo ya estoy harto. Pronto tú también comprenderás que esto es lo mejor, estoy seguro.

Lydia intentó decir algo más, cualquier cosa, pero se lo impidió un mareo, un raro malestar, una fuerza que la golpeaba y la sacudía como si acabara de entrar en un remolino.

Se apoyó contra la pared y resistió las ganas de llorar. De todos modos, aquella imagen de Sean llevándose sus pertenencias se le antojaba irreal, imposible de creer. Igual que el completo día de hoy: después de que el comité hubiera rechazado su proyecto, a Lydia no se le hubiese ocurrido que algo peor podía pasarle en las horas que quedaban. Y, sin embargo, la imagen de su novio abandonándola persistía, independiente de lo que ella creyera o se negara a creer.

Los agentes de mudanza entraron a la casa. Uno de ellos preguntó a Sean si faltaba algo que recoger.

—Iré a comprobarlo —le contestó Sean.

—Espera —dijo Lydia. —Dime al menos…

A ella se le ahogaba la voz, y habló él:

—¿Qué te diga qué, Lydia?

Sin estar segura de si era eso lo que quería preguntarle, aunque consciente de que su flamante exnovio no le concedería mucho más tiempo para pensar, ella le respondió con otra pregunta:

—¿Qué fue lo que te llevó a tomar esta decisión así?

—¿Así cómo?

—Así, de manera tan indeclinable.

Él se llevó la mano al mentón y miró al suelo.

—No puedo, Lydia —dijo levantando la cabeza y los ojos, que ya apuntaban a los de ella—. No puedo seguir viviendo con una persona tan exageradamente crítica y tan llena de ansias de controlarlo todo. Y no solo a mí, sino también a todos los demás, y a todos los aspectos de la vida.

—Sean, yo…

—Vamos, Lydia. —Él intentó un tono más conciliador, el que irónicamente muchos emplean a la hora de llevar a cabo una ruptura—. No nos conocemos desde ayer. Si por ti fuera, quisieras controlar al universo entero. Eso sí: no te privas de tus ataques, de tus compulsiones, de tus manías, de tus cambios de humor. A ti misma te concedes todas las licencias posibles. A los otros, ninguna.

Lydia cerró los ojos. Otra vez ensayó una respiración lenta y profunda.

—Está bien, Sean —dijo—. Sí es así, vete. Disfruta de todo el descontrol que quieras de aquí en adelante.

—No voy a caer en la trampa de tus insinuaciones, Lydia. —Sean miró a los agentes de mudanza que, de seguro con gran incomodidad, seguían de pie observando la escena—. Comprobaré que ya he cargado todas mis posesiones, y puedes quedarte con todo lo demás.

«Empezando por la casa, que siempre fue mía», pensó ella. Estuvo a punto de decirlo, pero se contuvo. Supo que más tarde se hubiese arrepentido por tan indigno comentario, sin duda cargado de rencor.

Sean se puso a revisar las habitaciones, seguido de cerca por los agentes de mudanza. Lydia supo que ella ya no tenía tampoco nada qué decir. Ahora solo quería que él terminara lo más rápido posible con su vil escapatoria, y no verlo nunca más.

Aunque, sin duda, no pasaría mucho tiempo para que ella se dedicase a extrañarlo.

La negativa del comité, la definitiva separación... Los objetos que Sean se llevaba de la casa, y los que quedaban adentro, dejaban de tener sentido ante sus ojos. Igual le había sucedido, hacía apenas un rato, con los de su oficina en Emory.

Y Lydia se preguntó cuándo terminaría ese día infernal.

3

Durante las siguientes semanas, Lydia se dedicó a buscar un nuevo trabajo. No solo lo necesitaba, sino que la ayudaría a despejar sus pensamientos y alejarlos de su reciente y doble ruptura: el mismo día había terminado con Sean y con la universidad, dos amores que conservaba hacía años.

Su vida se puso de cabeza de un momento a otro, en las pocas horas transcurridas en ese día fatal.

Aunque, se decía Lydia, ese día había sido la mera culminación de una serie de conflictos que ella no supo resolver a tiempo. Su compromiso con Sean había devenido en una bomba cuya mecha se acortaba más con cada pelea. Y de su relación con el comité de Emory podía afirmarse más o menos lo mismo.

La única desgracia, lo único que ella tenía derecho a atribuir al más puro y cruel azar, era que las dos bombas hubiesen estallado al mismo tiempo.

Quizá fuera mejor así: la sensación de su vida como un castillo derrumbándose, la certidumbre de haberse quedado sin nada y de empezar de cero, caminando por un desierto sin oasis a la vista, la obligarían a ser creativa y astuta. La obligarían a replantearse no tanto sus deseos, sino el modo en que los llevaría a cabo, y qué personas resultarían indicadas para acompañarla en el camino.

Cuando Lydia lograba contemplar la situación desde esa perspectiva, su angustia menguaba. No mucho, pero al menos un poco.

Actualizó su currículo, y aplicó a varios trabajos en Atlanta. Algunos de sus potenciales empleadores la convocaron para entrevistarse con ella, pero no obtuvo más que eso. No se necesitaba ser un genio para darse cuenta de que había actuado de un modo demasiado impulsivo al dejar Emory. Seguro habría ofendido a más de una persona, comenzando por su jefe directo en el Departamento de Ciencias del Comportamiento, John Fancy. En el ambiente académico, como en cualquier otro, todo terminaba por saberse, y su furibunda renuncia de seguro no constituiría una excepción. No sería de extrañar que más de uno de los que leyeron su currículo hubiese pedido referencias suyas a Emory, y ellos les habrían revelado la cara menos amable de su iracunda exempleada.

Una tarde Lydia decidió que ya estaba bien: si el destino, ayudado por sus propios errores y excesos, la había forzado a asumir grandes cambios en su vida, lo mejor era huir para adelante.

Dicho de otra manera: cambiar más aún. Cambiarlo absolutamente todo.

Llamó a una inmobiliaria y concertó una cita con un representante. Pondría la casa en venta y se iría de allí.

Al fin y al cabo, se dijo después de cortar el teléfono, ya nadie la ataba a ese lugar.

Ya nadie la quería.

Lydia se apoyó contra la pared y deslizó la espalda hasta quedarse sentada en el suelo.

Se puso las manos en la cara y al fin rompió a llorar.

Y lloró, durante una buena parte de esa tarde, con todo el vigor de su angustia desbordada.

~

Unos meses después Lydia entraba a su nuevo apartamento, por primera vez desde que había firmado el contrato de compra.

Seguía viviendo en Georgia, hubiese sido demasiado brutal alejarse del estado. Pero ya no en la capital, Atlanta, sino en las afueras. Más específicamente, en la ciudad de Savannah, bordeada por las costas del Atlántico.

Lydia ya se imaginaba saliendo a correr por los parques, bajo la sombra de las arboledas, respetando su rutina de entrenamiento y disfrutando del clima relativamente cálido de la zona. Se esperanzaba con una mayor calma en las calles y con la afabilidad de los pobladores, no tan contaminados por el fervor del centro.

El apartamento que estaba estrenando, por otra parte, le resultaba espacioso y a la vez acogedor. Desde la ventana de ese octavo piso podía verse, a lo lejos, el imponente puerto de Savannah y, aguzando un poco más la vista, la mancha celeste del océano.

Ella descorrió las cortinas blancas y contempló aquella vista como a postales de su futuro cercano. Inspiró profundamente, sin apartar los ojos del Atlántico, tratando de llenarse de naturaleza. O al menos, de la escasa naturaleza que aún sobrevivía al avasallamiento brutal de la civilización. Quería limpiar sus pulmones, pero más añoraba limpiar su espíritu.

Limpiarlo del pasado quizá.

Había ganado una considerable diferencia monetaria en el cambio de la casa anterior por el apartamento actual. No obstante, ni esa diferencia ni sus ahorros serían eternos, y seguía en pie el imperativo de conseguir un trabajo. Dañada su imagen en Atlanta, ese había sido uno de los principales motivos que la llevaron hasta ahí: presentarse a una entrevista ante otro tipo de gente, más allá de que nadie borraría las referencias de Emory. Después de todo, y más allá de cualquier incidente, el currículo de Lydia Chen no dejaba de resultar objetivamente interesante para una institución dedicada a la investigación o a los servicios sanitarios. Ella confiaba en su capacidad de probarse ante sus nuevos superiores, quienesquiera que sean, como una científica más que competente. Y, desde ya, abrigaba la esperanza de encontrar mentes más frescas y lúcidas que las del jurásico comité de Emory. Personas dispuestas a experimentar con su nuevo método, cuya eficacia, por otra parte, ella ya había probado y con resultados muy auspiciosos.

Otro importante motivo para haberse mudado ahí era, por supuesto, el de librarse de aquella casa y del fantasma de Sean, al que ella solía encontrarse en la cama, en el baño, en todo rincón en donde su prometido había estado en la época en la que no era un recuerdo, sino una compañía tangible y real. Lydia ya se había hartado de la nostalgia, de penar por lo que no pudo ser.

Lydia quería, como suele decirse, mirar hacia el futuro. Y el futuro la esperaba en Savannah: en el verde de las arboledas, en el viento fuerte del puerto y en las aguas del Atlántico. Respecto a lo que ella había esperado encontrar en Sean… Eso se lo dejaría al azar, al que otros llaman destino. Quizá su exnovio sí tenía razón cuando la acusó de ser demasiado controladora. Ese rasgo la ayudaba a la hora de desempeñar su profesión: nada mejor en un científico que una obsesión por considerar todas las variables y revisar una y otra vez los experimentos y teorías en busca de un posible error. Sin embargo, aquella no resultaba una estrategia ideal al enfrentarse a las personas. De hecho, la mejor estrategia quizá era no tener ninguna. Y si bien a Lydia, a sus cuarenta y un años, no le quedaban una excesiva cantidad de años para, por ejemplo, concebir un hijo, había decidido no hacerse problema por eso. Si encontraba espontáneamente un hombre al que amar, y por ende, al futuro padre de su criatura, seguiría ese camino. Si no sucedía, continuaría dedicándose a su profesión y ayudando a los hijos de otros a vivir una mejor vida.

Aunque la verdad era que, por el momento, no quería saber nada con los hombres. No estaría en condiciones de agregar al peso que implicaba cambiar de vida, más allá de las posibilidades que paralelamente este cambio abriera, los temores y temblores que implicaba una relación amorosa. No, Lydia ya no deseaba involucrarse, no al menos en una relación seria.

Se dio cuenta de que, una vez más, se había puesto a planear el futuro, a intentar controlar lo que resultaba inasible por naturaleza. Así que desechó, o intentó desechar, todo preconcepto o expectativa, expulsarlos de su mente. Y así Lydia comenzó a imaginarse el futuro no como una ruta prefijada, sino como un camino que se hacía al andar.

A fin de cuentas, se decía, el futuro no había sucedido aún.

Y una tarde, semanas después de que hubiera dormido por primera vez en su nueva vivienda, el destino le demostró que no todas las sorpresas eran negativas, y que no debía de apurarse al juzgar los comportamientos de las personas.

Lydia trotaba, ejercitándose como lo hacía todas las

tardes, en un bellísimo parque cercano a su apartamento. El sol, pálido pero innegable, aclaraba el verde del césped y la arboleda. El celular de Lydia sonó, una única vez. Se trataba de un mensaje de texto.

El mensaje, se enteró Lydia al revisar el teléfono, provenía de su antiguo jefe, nada más ni nada menos que Frank Russell. Le decía que tenía una oportunidad de trabajo para ella, si es que estaba interesada. El trabajo consistía en ayudar a la Policía de Savannah con un caso muy particular, en el que estaba involucrado un hombre con necesidades especiales y en cuya resolución, por ende, las habilidades de ella resultarían útiles.

La evidencia obligó a Lydia a asumir que, al menos en ese aspecto, había juzgado mal a Frank, y acaso a la entera Universidad de Emory: no solo no sabotearon sus posibilidades de trabajo posteriores al que desempeñó con ellos, sino que le hacían llegar una oferta.

Salvo, pensó después, que fuera por pura lástima. Quizá Frank pensó algo al estilo de «Ya que la carrera académica de Chen está acabada, le daremos al menos una limosna, un trabajo como asistente en una investigación policiaca».

No, se dijo, debía dejar de pensar así. Y consideró la hipótesis de que tal vez siempre consideró como ataques personales los rechazos a su método, cuando una cosa no implicaba la otra.

Respondió el mensaje a Frank, agradeciéndole y pidiéndole más información. Se sentó en una banca a esperar la respuesta y a tomar un poco de aire. Unos minutos después, aplacando la ansiedad de Lydia, llegó un segundo mensaje de Frank. Allí le escribió el número de la Policía local y el número de interno del investigador David Wilson. Según Frank, él se lo explicaría todo.

En respuesta, Lydia le envió a Frank un mensaje con más agradecimientos.

Cuando terminara sus ejercicios se daría un baño y llamaría al tal Wilson. Por ahora, le quedaban unos kilómetros por sudar antes de finalizar su rutina.

Se levantó de la banca y siguió corriendo, ya con la convicción de que realmente se dirigía hacia alguna parte.

4

La tarde del lunes siguiente había vuelto a hacer buen tiempo. No obstante, Lydia debió descartar sus ejercicios y privarse de las bondades del sol y la agradable visión de la arboleda. Tenía pactado un encuentro con el detective David Wilson, y se dirigía en auto a la comisaría de Savannah.

Aparcó el Focus a media cuadra, donde encontró un espacio. Por enésima vez, y también por última antes de la entrevista, se miró el rostro en el espejo retrovisor. El maquillaje, sutil y diurno, no había sufrido contratiempo alguno. Los rasgados ojos de Lydia, sello irrefutable de su sangre oriental, se veían favorecidos por un meticuloso trabajo en las pestañas y una leve sombra. Los labios, pintados con una fina capa de pálido rosa, ni siquiera parecerían maquillados ante la mirada de un hombre, por lo general desatenta ante esos detalles.

Lydia siempre cuidaba su aspecto, en especial cuando se trataba de una primera impresión y un asunto de trabajo. Y más especialmente la había cuidado ahora: David Wilson era un detective, por lo que ella le suponía un hábito y una capacidad de observación muy superiores a la media. Quizá le bastaran los primeros diez minutos de interacción para formarse un juicio completo sobre ella.

Lydia imaginaba un cincuentón con barriga, gruesos bigotes negros, ojos escrutadores.

Terminó de recorrer la media cuadra que la separaba de la comisaría y se anunció ante el cabo que vigilaba la puerta. El joven —no debería llegar a los veinticinco años— le dijo que esperara un momento y habló con alguien del interior, a quien ella no podía ver, luego regresó a su lugar.

Lydia se quedó de pie, un poco incómoda por la inmovilidad del cabo y la suya propia. Uno o dos minutos en los que la densidad del tiempo se vuelve palpable, como arenas movedizas.

Por fortuna, al cabo lo autorizaron al fin desde adentro y él permitió pasar a Lydia.

Otro cabo igual de joven que el anterior la condujo, a través de un breve pasillo, hasta la oficina del hombre con quien ella se había citado.

El joven policía dio dos golpes breves y suaves a la puerta.

—La señorita Chen está aquí, señor —dijo el joven.

—Que pase —respondió desde adentro una voz profunda.

El cabo le abrió la puerta y Lydia entró.

Y de pie, más dispuesto a recibirla de lo que ella esperaba, estaba el detective David Wilson.

Y lo cierto era que Wilson no se parecía en nada a la imagen mental que se había formado hacía unos segundos, jugando a adivinar su apariencia. Tenía enfrente a un cuarentón alto, de buen porte y un cuerpo delgado, aunque robusto. Unas incipientes canas amenazaban el negro de su pelo corto.

El detective se le acercó.

—La señorita Chen, supongo —dijo.

Lydia asintió con la cabeza y estrechó la mano que él

acababa de extenderle. En la voz de Wilson resonaba una grave cortesía que acompañaba a la perfección a su aspecto. Era un hombre bastante atractivo, admitió ella dentro de sí.

—La esperaba —volvió a decir el detective y señaló la silla frente a la que él ocupaba en su escritorio—. Tome asiento, por favor.

Lydia se sentó, y con la mayor sutileza posible giró la cabeza para dar una mirada rápida y general a la oficina. Además de exigua, se le antojó bastante impersonal: a simple vista no había nada allí que delatara una sola característica personal del ser humano que trabajaba allí varias horas diarias. Vale decir, del detective Wilson.

Lydia pensó que aquello tenía lógica: si ella se dedicara a investigar crímenes y asesinatos, no querría llevar a su lugar de trabajo ningún objeto que remitiera a su vida íntima.

El escritorio no le aportó más datos que las paredes: había una computadora vieja, una carpeta con papeles y un bolígrafo con aspecto de no utilizarse muy a menudo.

—¿Quiere un café o alguna otra bebida? —preguntó Wilson echándose atrás en su silla—. Aunque mejor si lo que quiere es un café, porque no tenemos otra cosa a excepción de agua del grifo.

—Estoy bien así, detective, gracias.

—Puede llamarme David. No la estoy interrogando.

El detective apenas torció la boca. Lydia no pudo distinguir si aquel gesto intentó o no representar una sonrisa, así que eligió responder con un movimiento de boca igual de tenue y ambiguo. Quizá Wilson fuera de esos hombres que van por la vida ejercitando un humor seco, al estilo británico, y que nunca refuerzan sus bromas con una sonrisa, de modo que a veces resulta difícil enterarse de si en verdad se trata de bromas. Ese tipo de humor encajaría bien con un policía.

—Supongo que desea saber el motivo por el que sus capacidades se consideran útiles en esta investigación —siguió diciendo el detective—, así que iré al grano.

«*Se* consideran útiles»: a Lydia no se le escapó que Wilson acababa de recurrir a una construcción impersonal, quizá aludiendo a la Policía, a sus superiores o a un departamento específico de investigación. Lo cierto era que había evitado, conscientemente o no, decir que *él* consideraba útiles sus habilidades. Debía asumir que existía cierta desconfianza o escepticismo.

—Se trata de una desaparición. —Wilson miró hacia el techo, durante un instante, como si evocara un pasado remoto—. El sujeto se llama Stanley Douglass y asistió hace unos años a la Universidad Estatal de Florida, en Tallahassee. ¿La conoce?

—Solo de nombre —respondió Lydia—. Aunque conozco personas que trabajan o han trabajado allí. En realidad, todo el que vive en Tallahassee tiene alguna relación con el ámbito académico, esa ciudad es una especie de universidad gigante.

—Usted lo ha dicho, señorita Chen. En fin, continúo con la historia de Stanley. Él había sido diagnosticado con autismo desde su infancia. Sus padres se esforzaron en que recibiera los más avanzados tratamientos, y dedicaron su vida a que él mejorara. De hecho, el propio Charles Douglass, padre de Stanley, se dedicaba a la educación especial, así que sabía cómo conducirse con él. Todos esos factores, sumados a la tenacidad del propio Stanley, lo llevaron a superar sus límites. Él era capaz de manejarse con bastante autonomía en la mayoría de las actividades que requiere la vida cotidiana, y hasta de conseguir buenas notas en la universidad. No hablé con un solo profesor que negara su capacidad de sacrificio.

—Admirable —dijo Lydia—. Por fortuna, cada vez son mayores los casos de chicos con autismo, y otro tipo de afecciones mentales, que logran integrarse y en ocasiones superan a quienes no padecen esas supuestas limitaciones.

—Una vez más, usted lo ha dicho. Stanley fue descrito por sus profesores como un alumno excelente, muy por encima de la media. Su esfuerzo compensaba sus dificultades intrínsecas. Por desgracia, un día la carrera de Stanley se truncó.

El detective hizo una pausa. Lydia habló:

—¿Se truncó cuando él desapareció, supongo?

Wilson volvió a echarse hacia atrás en su silla y asintió con la cabeza.

—¿Y eso cuándo sucedió? —preguntó de nuevo Lydia.

—Hace diez años.

Lydia se sorprendió ante aquella respuesta. Sin pensarlo, lanzó la ironía que le vino a la mente:

—Sí que se tomaron su tiempo para llamarme…

Y apenas terminó de hablar, pensó que al detective podría no caerle demasiado bien ese comentario. Se insultó, dentro de sí, por haberse portado de manera tan imprudente durante su primera oportunidad real de trabajo en mucho tiempo. No obstante, el detective no pareció tomárselo a mal. De hecho, esbozó otra vez su dudosa sonrisa de labio torcido. Y se explicó:

—Sucede que no la *necesitamos* para encontrar a Stanley.

Esta vez, pensó Lydia, él había utilizado la primera persona del plural. Aunque seguía evitando el «yo», aquello implicaba un avance.

—¿Y para qué me necesitan? —preguntó.

—Stanley volvió a su casa hace unos días.

—Increíble, después de diez años… ¿Y qué le había sucedido?

—Eso es lo que deseamos averiguar. Stanley habla muy poco, y no ha dicho una palabra al respecto a lo sucedido mientras estuvo alejado de su familia.

—Y supongo que antes, por lo que usted me contó sobre su rendimiento académico, él no era tan retraído.

—En absoluto. Stanley, más allá de su condición, era un chico abierto al mundo y a la interacción con los demás. Más expresivo que la mayoría de los policías que conozco. —Esta vez el detective le mostró una sonrisa más franca y abierta. Lydia creyó que su actitud mejoraba con el paso de los minutos, y que quizá él también se había sentido un poco tenso al comienzo de la reunión.

—Entiendo —dijo Lydia—. Quieren que yo lo interpele a mi manera y consiga hacerlo hablar.

—Eso, y que colabore en su adaptación, o su nueva adaptación, a la vida social. Los padres de Stanley han oído sobre sus métodos…

A Lydia se le heló el pecho al recordar el rechazo del comité, pero lo que dijo el detective a continuación sirvió para reconfortarla:

—… y si bien sabemos que la universidad no los ha aprobado, hay una considerable cantidad de personas que han comentado a los Douglass sobre los logros que usted ha obtenido con sus hijos o conocidos.

Después de varios desencantos y frustraciones, Lydia recibió esas palabras como a la caricia que tanto necesitaba y que hacía tanto tiempo el destino parecía negarle.

—Me honra oír eso —dijo—. Haré lo mejor posible con el caso de Stanley.

—Bien —dijo el detective y se incorporó en señal de que la reunión llegaba a su fin—. Entonces me comunicaré con usted en los próximos días, y los dos nos reuniremos con los Douglass.

Wilson le extendió la mano y Lydia se la estrechó.

—Ha sido un gusto, detective Wilson.

—Llámeme David, si no le molesta. Y el gusto ha sido mío, señorita Chen.

—Lydia, por favor. Llámeme Lydia.

David Wilson le había entregado a Lydia una carpeta con copias de los archivos del caso —o al menos de algunos, ella sospechaba que él no le daría todo de entrada—. De allí extrajo ella, entregada al insomnio aquella noche, el nombre completo de los padres de Stanley. Una breve búsqueda en Internet le reveló lo que ya le había dicho: que Charles Douglass se dedicaba a la educación especial. Aunque no había en la Red mucho más que su nombre desperdigado por algunos enlaces, la mayoría de la Universidad Estatal de Florida, en Tallahassee. Ninguna mención especial, ningún mérito ni demérito: solo su nombre apareciendo aquí y allá en los legajos y listas virtuales, igual que hubiese sucedido de haber Lydia ingresado en Google el nombre de cualquier alumno de la institución.

También, claro, los nombres de él y de su esposa aparecían en la noticia de la desaparición de Stanley, y la de su posterior y sorprendente reaparición.

Charles Douglass no utilizaba, al parecer, redes sociales. Sin embargo, la madre de Stanley, Vivian Douglass, era un caso muy diferente: a Lydia no le sorprendió encontrarse con su perfil en Facebook, en el que tuvo acceso a varias publicaciones a pesar de no tenerla como contacto. Sí le causó cierta sorpresa que la mujer contara, además, con una cuenta de Twitter en la que publicaba seguido, y que incluso subiese fotos a Instagram.

A Lydia la conmovió comprobar que, en el Facebook de Vivian, las primeras fotos retrataban a Stanley. Una foto con más de diez años de antigüedad en otras palabras, una foto de un Stanley del que ellos jamás sospecharían que fuera a desaparecer, y mucho menos que después se le ocurriese —por así decirlo— aparecer de la nada, sin ganas de contar qué sucedió con él durante su prolongada ausencia.

Stanley era un chico delgado, de altura media. En las fotos que encontró Lydia de su niñez, siempre aparece muy pulcro, vestido y peinado con la meticulosidad extrema que delata a los chicos sobreprotegidos por sus padres. Hay un video en el que se le ve a Stanley tocando el piano con la ayuda de su padre, que le indica las notas. No hay, en cambio, ni una foto en la que esa mirada ausente del joven no sugiera las particulares características de su mente, al menos ante un ojo entrenado como el de Lydia Chen. Cuando él mira a la cámara, ella advierte que se trata de un esfuerzo, de que aquel gesto no le surge de manera natural y espontánea, como le surgiría a cualquier niño o adolescente, según el caso. Stanley quiere mirar, siempre, para dentro de sí mismo. Quizá se siente mejor allí. Más cómodo. Más seguro.

Lydia se dijo que ella, igual que tantos adultos sin autismo ni ninguna cualidad especial, solían elegir el rumbo opuesto: mirar siempre hacia la realidad exterior, arrojar la consciencia fuera de sí, y en el proceso, negar sus más íntimos deseos y necesidades.

Pensó en Sean. Pensó en que no hacía falta ser autista para ignorar la realidad y lo que sucedía alrededor de uno.

Miró la hora en el extremo inferior derecho de la computadora: las dos y diez de la madrugada. Se había entusiasmado, quizá demasiado, con la búsqueda.

Sí, Lydia debió admitirlo: deseaba poseer la mayor información posible sobre Stanley y sus padres para poder predecir y *controlar* sus reacciones durante el encuentro que tendría con ellos. No dejaría ningún resquicio a la espontaneidad.

Y otra vez, por obvios motivos, evocó la imagen de Sean.

Sean mudándose. Sean lanzándole a la cara los motivos por los que ya no deseaba estar con ella.

Un evento bastante reciente, pero que ahora se le antojaba a Lydia ocurrido hace mucho tiempo. Como si ella no hubiese estado allí cuando sucedió.

Cerró las varias ventanas que abrió en el navegador y se obligó a olvidar la computadora por esa noche.

Aunque trataba de evitar las pastillas de cualquier tipo, se resignó a tomar un sedante. De otro modo, seguro le costaría dormir esa noche. Una mezcla de entusiasmo y de inquietud —¿miedo?— le hormigueaba en la carne. Tal vez porque se encontraba a las puertas de su primera actividad profesional desde aquella lastimosa huida de Emory. Sentía que *ahora sí* volvía a empezar. Había lanzado a la papelera las páginas escritas hasta el momento en la novela de su vida —al menos, una buena cantidad de ellas— y cambiaba de historia.

Lydia empujó el sedante con un vaso de agua mineral. Después de lavarse los dientes se puso el protector bucal que utilizaba todas las noches. Apagó la luz, y agradeció que por primera vez en mucho tiempo fuese el entusiasmo, y no la angustia o la incertidumbre, el sentimiento que le dificultara la relajación.

5

UNOS DÍAS DESPUÉS, Lydia recibió una llamada de David Wilson en su celular. En principio, el detective había dado por sentado que se encontrarían en la comisaría y luego irían en su auto hasta la casa de los Douglass. Pero Lydia dijo que, ya que ella debía utilizar su propio vehículo para transportarse hasta el punto de encuentro, tendría más sentido que fuese ella quien lo llevase a él. No le apetecía dejar el Focus aparcado allí toda la tarde.

Wilson, a regañadientes, debió rendirse ante esa muestra de pensamiento práctico.

Por eso era Lydia quien ahora acababa de mandarle un mensaje, desde el asiento del Focus, avisándole que acababa de llegar a la comisaría.

El detective no contestó. Un par de minutos después Lydia lo vio salir y acercarse hacia ella.

Se saludaron sin demasiada efusión y Wilson ocupó el asiento del copiloto. A Lydia le divertía pensar en que quizá el detective no se sintiera del todo cómodo dejando que ella manejara. Por pueril que sonase, el conductor de un vehículo ostenta cierto poder sobre aquellos a quienes transporta, o al menos eso piensan muchos hombres, de forma consciente o no.

No podía negársele cierta lógica a ese pensamiento: quien maneja es, literalmente, quien posee el *control*. Y al ver que Wilson movía las manos con cierta ansiedad y miraba hacia los lados como quien no se reconoce a sí mismo en determinado contexto, Lydia comprobó por enésima vez que ella no era la única persona del mundo a quien le disgustaba no dominar del todo el escenario de las acciones.

Wilson, en esos momentos, era un animal a quien habían cambiado de ecosistema. Tras los triviales y convencionales comentarios sobre el clima y ese tipo de asuntos, Lydia intentó sacarle a su copiloto un poco de verdadera conversación y conseguir así que se relajase.

—Usted me había dicho que estuvo a cargo de la investigación cuando desapareció Stanley, ¿verdad?

Sin mirar a los ojos de Lydia, y apuntando los suyos hacia la ventana, el detective asintió con la cabeza.

—¿Y no consiguió ninguna pista certera?

—Nada concluyente. —Wilson la miraba de reojo, con evidente reticencia—. No fui yo solo, yo lideraba un equipo de varios hombres. No hallamos nada, como si Stanley hubiese desaparecido en un agujero negro y viajado hacia otra dimensión.

—Y ahora encontró el agujero para volver.

—Así parece.

El tema no parecía resultar muy agradable para el detective Wilson. Lydia pensó que había fallado en su intento de hacerlo sentir cómodo: quizá, sin la menor intención, había echado sal en la herida.

—¿Usted cree que sus métodos podrán ayudar a Stanley? —cambió de tema el detective.

Lydia asintió.

—Si no lo creyera, no estaría aquí.

—Pero no puede asegurarlo, me imagino.

—Nada es seguro cuando hablamos de seres humanos.

—Tiene usted razón, señorita Chen.

—Ya le dije que me llame por mi primer nombre.

—Es cierto. Tienes razón, Lydia.

El detective mostró su media sonrisa. Ahora sí, al parecer, se había distendido un poco, y comenzó a indicarle los desvíos que debía tomar para llegar a la casa de los Douglass. A Lydia le sorprendió que después de tanto tiempo él recordara el camino con tal precisión, y no necesitara recurrir al GPS del teléfono. Cuando investigaba la desaparición de Stanley sin duda debió de visitar esa casa en infinidad de ocasiones, y el trayecto quedó grabado en su cabeza. Lydia sintió curiosidad. No obstante, ya había aprendido que lo mejor era no preguntarle por aquel pasado. Al menos, no por ahora.

La conversación se extinguió, como a menudo sucede entre personas que apenas se conocen y solo se han reunido en virtud de las circunstancias. Lydia, cuando algún semáforo la obligaba a detenerse, aprovechaba para contemplar los altos árboles, el aire relativamente bucólico de las afueras de Savannah. Atravesaron un parque hermoso y de gran tamaño, que por desgracia quedaba un poco lejos del apartamento de Lydia: en caso contrario, ella sin duda lo habría elegido para ir a correr.

Ya un poco harta del silencio incómodo, le preguntó al detective acerca de la edad actual de Stanley y hasta qué año había llegado en la universidad. Ella ya conocía esa información, pero quería escucharla por boca de Wilson.

—Stanley tiene ahora treinta y dos años. Estaba en su primer año de universidad cuando desapareció.

La respuesta, sin ser demasiado efusiva, sirvió para que

ellos hablaran de sus propios estudios. A Lydia le sorprendió conocer algunas de las materias que el detective Wilson había cursado en la Universidad Policial. Sus colegas más pedantes de seguro habrían despreciado el conocimiento que allí pudiese impartirse, pero Lydia sabía —lo experimentó en carne propia— que ciertas instituciones tradicionales, a pesar de su reconocido nivel, adolecían de varios defectos. Entre ellos, cierta estrechez de miras, y hasta un marcado desdén por la aplicación de la teoría en la práctica.

Ella le habló a Wilson de su pasado académico, y él le preguntó por su ruptura con Emory.

Ahora le tocaba al detective echar sal en la herida.

Lydia contestó a la pregunta sin demasiados detalles:

—Diferencias profesionales —concluyó.

Wilson le indicó el último de los desvíos. Ya se encontraban a unos pocos metros de la casa en donde los Douglass vivían con su hijo: el reaparecido, el misterioso Stanley.

Frente a la puerta de los Douglass, fue el detective Wilson quien tocó el timbre. Lydia se quedó parada unos pasos detrás, contemplando la fachada del hogar de Stanley: blanca, diáfana y prolija, y aun desde afuera se adivinaba espaciosa. Una típica casa de clase media en aquella zona.

Lydia se acercó al detective, y la puerta se abrió. Había ante ellos un hombre de sesenta y tantos años que los recibió con hospitalaria sonrisa.

Wilson estrechó la mano del hombre.

—Espero que se encuentre bien esta tarde, señor Douglass.

—Ya le pedí mil veces, David, que me llamara Charles.

El señor Douglass acompañó el reproche con una sonrisa

amable. Miró a Lydia, y preguntó si aquella era la señorita Chen a la que él y su esposa estaban esperando.

—Soy esa misma —afirmó extendiéndole la mano a Douglass, y adelantándose a la respuesta que iba a dar el detective—. Y usted puede llamarme Lydia, si así lo desea.

Terminadas las presentaciones, Charles Douglass los invitó a entrar.

Sentada en un sillón rojo, en medio de una amplia sala de estar, había una mujer que no podía ser otra que Vivian Douglass. La mujer sonrió, aparentemente tan hospitalaria como su marido, aunque Lydia percibió una mayor ansiedad en la sonrisa de la mujer, un ligero temblor en los labios.

—Mi esposa Vivian —dijo Charles mirando a Lydia.

Con cierta dificultad, Vivian se levantó del sillón. Estrechó la mano de ella y después la del detective.

—Estoy muy contenta de que esté aquí —dijo volviendo a mirar a Lydia—. Creo que usted podrá hacer mucho por Stanley.

—Esté segura de que daré mi mejor esfuerzo —contestó. Le agradaba que los Douglass confiaran en sus métodos, pero temía que unas expectativas desmesuradas provocasen, a mediano plazo, que ese entusiasmo se transformara en frustración.

Los cuatro mantuvieron una charla cordial y que giró alrededor de Lydia, la persona que recién se integraba a ese grupo. Ella les habló de su decisión de mudarse de Atlanta y manifestó su conformidad con la vida que estaba llevando actualmente. También elogió el paisaje y el carácter mesurado de los que vivían allí, en las afueras de Savannah, además de expresar su curiosidad por la idiosincrasia académica de Tallahassee.

—Creo que no existe universidad con tal cantidad de fraternidades como la nuestra —dijo Charles, exhibiendo un orgullo que a Lydia le resultaba difícil asociar con la trivialidad de aquel dato—. Aquí también abundan los museos, Lydia. Si te interesa la historia, podrás recorrerlos hasta aburrirte.

—Lo tendré en cuenta —le contestó.

Al fin, Vivian pasó a lo que todos estaban esperando:

—Iré a buscar a Stanley a su habitación.

—Mejor voy yo, Vivian —dijo el señor Douglass, y a paso lento caminó por la sala de estar hasta llegar a una puerta entreabierta, detrás de la que se encontraría Stanley.

—Mi marido me sobreprotege —dijo Vivian.

Lydia recordó algo que le contó Wilson, sobre un cáncer del que la mujer se había recuperado hacía un tiempo, y que la dejó algo debilitada.

Con disimulo, aprovechando que Vivian le preguntaba por sus asuntos al detective, ella observó a Charles Douglass: había asomado la cabeza por la puerta, sin ingresar a la habitación de su hijo. Stanley tardaba más de lo normal: o bien había sufrido un gran retroceso intelectual durante su ausencia, y le costaba comprender lo que su padre le decía, o sentía rechazo a la idea de recibir a Lydia y al detective.

Al final Charles llegó acompañado de todo un hombre, al que se le notaban sus treinta y dos años tanto como su especial condición: Stanley caminaba lento, con la mirada perdida. Era como si aún estuviese ausente. Como si se hubiese quedado paralizado en algún instante concreto, en alguna vivencia ocurrida en ese hiato de diez años que partió en dos su existencia.

El señor Douglass le hablaba a Stanley casi al oído, y mediante una voz tan baja que arrebató a Lydia de la posibilidad de oír palabra alguna. Daba la impresión de que estaba preparándolo, por así decirlo, para el encuentro. Todo aquello en nada coincidía con lo que a ella le habían informado sobre el «otro» Stanley, el que tenía diez años menos y nunca se había alejado demasiado de la casa paterna o de su amada universidad.

—Aquí está nuestro chico —dijo Vivian, con el orgullo y la felicidad de una madre resplandeciendo en su rostro, haciendo olvidar sus arrugas y cierto aspecto demacrado. No había que ser muy sagaz para entender lo que la vuelta de Stanley provocó en esa mujer: quizá, a partir de ese inesperado día del regreso, ella misma *había vuelto* también. Había vuelto a vivir.

—Stanley —dijo Charles Douglass—, ella es la señorita Chen.

—Él también puede llamarme Lydia —corrigió con amabilidad, sonriéndole a su paciente.

Stanley miraba hacia abajo, evitando el contacto visual con ella.

—¿Qué sucede, Stanley? —dijo Vivian, y a su sonrisa trémula la acompañaron dos ojos en los que se reflejaba cierta consternación.

—Está bien —dijo Lydia—. Stanley y yo ya tendremos tiempo para conocernos y entrar en confianza, no hay necesidad de apurarnos.

Charles Douglass, tomando a su hijo del hombro con suavidad, dijo:

—¿Quieres volver a tu habitación, Stanley?

Stanley asintió con la cabeza.

—¿No quieres hablar con Lydia?

Esta vez Stanley utilizó la cabeza para decir que no. Charles y Vivian miraron a Lydia con expresión de incomodidad.

—No se preocupen —dijo ella—. Como les decía: iremos de a poco.

Charles acompañó a Stanley en el camino de regreso a su

habitación. Lydia observó que, aun con sus frágiles fuerzas, Vivian apretaba los puños.

—Le agradezco que esté aquí, señorita Chen…

—Lydia.

—Lydia, perdón. Le agradezco que haya aceptado comenzar un tratamiento con mi hijo. Deseo más que nada en el mundo que Stanley se reincorpore a la vida social, y que vuelva a ser el chico que era antes.

Lydia pensó que, a menos que alguien inventase la máquina del tiempo, ningún tratamiento conseguiría que Stanley vuelva a ser un chico. En el mejor de los casos, ella conseguiría que Stanley fuese tan sociable como el de antes, pero nunca que volviese a ser, literalmente, el Stanley de hace diez años.

Claro que no consideró oportuno manifestarle esto a su madre, visiblemente afligida. Resultaba claro que esa alegría por la vuelta de su hijo era empañaba por aquel cambio en su personalidad. Lydia intentaría readaptar a Stanley, para que así su vida se desarrollase mejor y la alegría de sus padres fuese completa.

Charles regresó a la sala de estar. El detective convino con los Douglass, y con la propia Lydia, un día y horario para comenzar el tratamiento. Después, y dado que ya no tenían nada que hacer allí, se despidió.

David y Lydia salieron de la casa y no dijeron nada hasta entrar al auto. Cuando ella arrancó, él le preguntó qué opinaba.

—Todavía es muy prematuro emitir cualquier juicio —respondió ella.

—El antiguo Stanley, a pesar de su autismo, era mucho más abierto a la gente. Nunca lo vi tan retraído como ahora. ¿Podría deberse a algún evento traumático que le hubiera sucedido durante sus diez años de ausencia? Se me ocurren una infinita cantidad de cosas que pudieron pasarle en ese largo período y se me hiela la sangre.

—Podría deberse a eso o a mil causas más. Entiendo tu preocupación y ansiedad, David, pero sería irresponsable de mi parte arriesgar cualquier hipótesis. Ni siquiera comencé el tratamiento. Es más: ni siquiera le dirigí una palabra directa a Stanley.

—Sí, tienes razón. —El detective miró por la ventana. Después de unos segundos de silencio, volvió a hablar—. Disculpa, es que me intriga… Siempre me ha intrigado tanto saber qué sucedió con este caso. No me imagino cuánta ansiedad deben tener sus padres.

—Como les dije a los Douglass: haré mi mejor esfuerzo. No soy una chamana ni una curandera. No hago milagros.

Lydia miró por la ventanilla hacia el cielo celeste. Aquella seguía siendo una bella tarde cayendo sobre Florida.

Lydia dejó al detective Wilson en la comisaría, para que siguiera con su trabajo. Ella decidió aprovechar lo que quedaba de sol y pasó por su apartamento a ponerse ropa deportiva. Después se subió de nuevo al auto y manejó hasta el parque más cercano. Allí corrió durante cronometrados veinte minutos. El cansancio físico, de naturaleza tan diferente al mental, la ayudaría a dormir bien esa noche.

Empapada en sudor, regresó hacia su vehículo. Lamentó haberse olvidado de sacar una toalla para apoyar en el asiento: así como estaba, lo humedecería con su transpiración. Igual había valido la pena.

Lydia comprendió que se sentía bien consigo misma y con el rumbo de su vida. ¿Cuándo había sido la última vez que pudo afirmar eso? Le costaba recordarlo, pero aquello tampoco importaba.

Volvió a su apartamento, ya sin intenciones de volver a salir hasta el día siguiente. Se preparó la cena: una variedad de vegetales, listos para descongelar y servir, acompañados con unos palitos de cangrejo deliciosos.

Justo cuando terminaba de comer, recibió una llamada del detective Wilson. Le dijo que, si ella no tenía problema, los dos regresarían mañana a la casa de los Douglass. Lydia dijo que sí, que no había problema.

Terminó la ensalada César que se preparó para cenar y lavó los platos.

Antes de irse a dormir, volvió a mirar en la computadora las fotos de Stanley que había descargado de las webs.

Su imagen y su expresión eran bastante diferentes. Una parte de ello, desde ya, podía atribuirse al tiempo. Una década es mucho, en especial en la vida de una persona tan joven.

Sin embargo, coincidía con David Wilson en que debía de existir algo más: algo que le había arrancado a Stanley sus deseos de socializar. Algo que lo mantenía paralizado en el terror, algún hecho fatídico que no podía superar.

—¿Qué te sucedió, Stanley? —preguntó en voz alta mirando la foto.

Después se fue a dormir. Mañana hablaría con Stanley. Comenzaría con su tratamiento y acaso también a vislumbrar alguna respuesta.

6

Al día siguiente fueron al hogar de los Douglass en el auto del detective. David había llamado a Lydia en la mañana para decirle que, esta vez, él la pasaría a buscar a su casa. Lydia no intentó hacerle ver que, teniendo en cuenta las características del camino, aquel plan no resultaba nada práctico. Wilson lo sabría mejor que ella, pero había preferido ser «el macho» que sostuviese el volante.

La conversación que mantuvieron durante el viaje fue un poco más fluida que la del día anterior, aunque ni siquiera rozaron el terreno personal. Hablaron cada cual de su ámbito: la academia, la Policía. También hablaron de los chicos como Stanley —aunque Stanley ya no era ningún chico, a veces no lograban evitar referirse a él como si aún lo fuera—, de la especial crianza que necesitaban y el modo en que esto cambiaba la vida de sus progenitores.

Lydia estaba segura: había en David una sensibilidad mayor de la que él hubiera querido mostrar. Y no le cabía ninguna duda de que no solo la obligación o el interés profesional lo impulsaban a resolver este caso.

A poco de llegar, Lydia le dijo a David:

—¿Le avisaste a la señora Douglass lo que te pedí que le avisaras?

El detective asintió:

—Sí, jefa, apuesto a que ella lo tendrá listo para cuando llegues.

Lydia sonrió.

Y la apuesta terminó saliéndole bien a Wilson: apenas Lydia puso un pie en la casa de los Douglass, Vivian le acercó una caja bastante grande —más o menos el doble de una caja de zapatos— con objetos relacionados a la infancia de Stanley. El método de Lydia se valía de las asociaciones emocionales. En este caso, que además del autismo implicaba una presunta amnesia y quizá un trauma relacionado, debería recurrir especialmente a los vínculos simbólicos del paciente con lo que podría llamarse su vida anterior.

Charles Douglass aprovechó para elogiar lo que había oído y leído acerca de las propuestas de Lydia. Lamentó que el comité de Emory no hubiese compartido esa entusiasta opinión.

—Gracias, señor Douglass —dijo Lydia—. Sé que usted también ha dedicado su vida a los niños con necesidades especiales, así que ese juicio me provoca mucho más orgullo viniendo de usted.

Charles Douglass agradeció la devolución del halago con una expresión de modestia.

—¿Stanley está en su habitación? —preguntó el detective Wilson.

Vivian asintió.

—Iré a buscarlo.

—Deja, iré yo —dijo Charles. Lydia advirtió que él intentaba evitar a su mujer cualquier esfuerzo, y seguro que esa actitud se había incrementado a partir del cáncer que padeció.

—Si quiere —dijo Lydia—, puedo intentar acercarme a él yo misma. Será mejor si empiezo a ganarme su confianza. ¿Y qué mejor que obtener de Stanley el permiso para entrar en su habitación?

—¿Está segura? —le preguntó Charles—. Él habla muy poco, y quizá ni le responda.

Lydia sonrió antes de responder:

—Si eso ocurriese, entonces aceptaré mi momentánea derrota y dejaré que sean ustedes quienes lo traigan aquí.

—Me parece perfecto —dijo Vivian.

Lydia les sonrió de nuevo y con el rabillo del ojo observó la mirada del detective cayendo sobre ella: se le notaba interesado, aunque apenas intervenía en el diálogo. Obviamente, los tratamientos para personas autistas excedían su campo de acción.

Lydia caminó hacia la habitación de Stanley, cargando la caja que Vivian le entregó.

Golpeó la puerta, dos veces, muy despacio.

—Stanley, ¿estás ahí?

No hubo respuesta. Lydia golpeó una vez más.

—No quiero molestarte, Stanley. Solo quiero mostrarte algunas cosas que te pueden interesar. ¿Estás disponible?

Esta vez hubo respuesta. No fue el deseable «sí», sino un sonido extraño y desganado. Más semejante a un breve ladrido de perro rabioso que al de un hombre.

—Voy a entrar, Stanley.

Lydia ya no esperó que él le diera permiso y entró directamente. Aunque abrió la puerta con extrema lentitud: sabía muy bien que convenía evitar movimientos bruscos que pudiesen sugerir amenaza a su paciente.

Y allí estaba Stanley: sentado en la cama, mirando hacia el parqué y con las manos entrelazadas. Movía la cabeza de arriba abajo, pero de manera casi imperceptible.

—¿Me recuerdas, Stanley? —le preguntó Lydia, parada todavía cerca de la puerta. No quería invadir el territorio del joven, que lucía tan reacio como el día anterior.

Stanley le echó una mirada rápida y enfocada, y después volvió a mirar al suelo.

Raro, se dijo Lydia. Aquella no era una conducta que ella hubiese visto en otros autistas. Aunque igual de cierto resultaba que Stanley, además de ser uno de sus pocos pacientes adultos, había protagonizado un caso con características muy especiales.

Lydia le pidió permiso para sentarse. Debió insistir para que él, al fin, dijera la palabra mágica:

—Sí, puede.

Stanley acompañó el asentimiento con la cabeza. Apenas Lydia se sentó en la cama junto a él, a una distancia prudencial —había dejado un hueco en el que podría sentarse una tercera persona—, Stanley miró hacia el lado opuesto a donde estaba ella. Aquello se asemejaba a un desplante: pueril pero no por eso menos notorio.

Lydia eligió guardar silencio durante unos segundos, darle tiempo a Stanley para que se adaptara a la situación, y que la juzgase por sí mismo antes de intervenir ella. Aprovechando el tiempo «muerto» —que en realidad no merecía ese adjetivo, ya que formaba parte del abordaje inicial—, Lydia sacó su celular del bolsillo y abrió la aplicación que utilizaba en la recolección de datos. Se trataba de una aplicación de monitoreo que le había encargado a un experto en informática, al que conoció a través de uno de sus colegas de Emory. Allí contaba con una suerte de central de procesamiento en miniatura. Mediante un par de movimientos de dedo podía dejar registro sobre la aparición o no de conductas autistas típicas. Incluso la aplicación hacía uso de la cámara del teléfono, y le permitía filmar al paciente y asociar determinadas expresiones gestuales a esos datos, y así contar con evidencia empírica que respaldara sus notas virtuales.

Claro que Lydia llevaba, en el otro bolsillo, un pequeño bloc. Adoraba las posibilidades de la tecnología, pero no por eso abandonaba su afecto por la tradición.

No filmaría a Stanley esa primera vez. Todavía no había establecido con él una confianza que le permitiese pedirle permiso, y nunca recurría a una práctica que sus pacientes no hubieran autorizado antes —salvo en el caso de los niños muy pequeños—. A pesar de que sería muy fácil filmarlo sin que él lo advirtiese, y acaso aceleraría sus conclusiones, se resistía a caer en esa actitud: le parecía que era un modo de cosificar a su paciente, de tratarlo como a un animal de laboratorio en lugar de la persona que era.

—Stanley —dijo Lydia con la voz más dulce que le salió —, déjame mostrarte algunas cosas de tu pasado.

—No —le respondió él. Ese «no» se oyó más claro que el *deforme* «sí» que le lanzó antes de su entrada.

—Mira. —Lydia puso la caja sobre la cama, en el hueco que quedó entre los dos. Además de práctico, era una forma de darle a Stanley una sensación inconsciente de «barrera protectora»—. Aquí tienes estos autos, ¿recuerdas cuánto te gustaban los automóviles?

Lydia sacó de la caja unas réplicas de autos clásicos que Vivian Douglass le había comprado a su hijo. Los autistas, por lo general, tenían inclinación a confeccionar listas mentales que aunaban elementos de diversas categorías —la película *Rain Man* había generalizado y exacerbado esta tendencia en el personaje de Dustin Hoffman—. En el caso de Stanley, una de sus aficiones —o compulsiones— de la niñez consistía en el recuerdo y el ocasional recitado de marcas de automóviles.

—¿Recuerdas la marca y el modelo de este auto, Stanley?

La propia Lydia sabía muy poco del asunto: por fortuna,

contaba con un pequeño manual, incluido en cada una de las réplicas, que informaba las especificaciones del vehículo replicado.

Sin embargo, y ante la sorpresa de Lydia, Stanley apenas se molestó en contemplar el auto y al instante negó con la cabeza.

Doblemente extraño, se dijo ella. Resultaba extraño que un elemento tan significativo no le hubiese llamado la atención y también que hubiese olvidado la marca del auto. Ese tipo de datos solía grabarse a fuego en la memoria de los niños autistas, y resultaba muy difícil que la adultez los «borrase».

Se preguntó, no sin sufrir una corriente de escalofrío, qué hecho terrible había sido capaz de modificar a tal punto la idiosincrasia de Stanley, hasta casi convertirlo en otra persona. ¿Qué le habría sucedido en algún momento de sus diez años de ausencia?

—¿Estás seguro de que no recuerdas, Stanley? —insistió Lydia. Acababa de colocarse los lentes de lectura y ya tomaba notas. Esta vez utilizó el bloc: la aplicación informática no estaba diseñada para registrar anomalías, sino para recolectar datos típicos.

—¿No quieres ver otro? —volvió a decirle a su paciente.

Stanley no dijo nada. Lydia le mostró una segunda réplica y ya no le sorprendió que la respuesta del joven volviese a ser negativa en todo sentido: en su desconocimiento del modelo del automóvil y en su nula aceptación hacia quien lo interrogaba. No había que ser terapeuta, y ni siquiera muy sagaz, para advertir que a él le desagradaba su presencia en la habitación. Este Stanley no se parecía en nada al estudiante sociable y relativamente extrovertido que le describieron tanto el detective Wilson como los Douglass, y hasta algún artículo periodístico de los que ella encontró en Internet.

Cuando Lydia sacó de la caja una serie de viejos dibujos,

firmados por un antiguo Stanley de entre diez y doce años, el actual hombre de treinta y dos años se dignó a voltear la cabeza y a decididamente observar aquellos recuerdos. Sin derrochar efusividad, al menos Lydia percibió una reacción acorde a la carga emotiva que debían tener esos papeles escritos con crayones y bolígrafos de colores varios, repletos de torpes trazos infantiles.

No obstante, a Lydia le seguía llamando la atención la disparidad de sus reacciones, la enorme distancia entre la indiferencia de Stanley ante los autos de colección y esta atención que le prestaba ahora a los dibujos.

Lydia le extendió los papeles y Stanley se dedicó a observarlos, uno a uno. Pasaba la yema del dedo índice sobre las desprolijas líneas de crayón, que intentaban representar casas, personas o incluso aquellos autos que en su momento a él tanto le gustaron. Alguien que viese una filmación de Stanley ahora mismo, y no conociera nada más de él, no se hubiese percatado de su autismo ni hubiese sospechado anomalía alguna.

Stanley la observó con una extraordinaria «capacidad de enfoque», como le gustaba decir a Lydia, dejó los papeles sobre la cama y volvió a extraviar la mirada en mundos invisibles, como si acabase de recordar el desagrado que sentía por ella. Los ojos volvían a quedarse varados en solo Dios sabe qué horizonte imposible.

Lydia se sacó los lentes con la firme intención de penetrar en la mirada de Stanley, y a sabiendas de que para eso no había mejor método que dejar que él penetrara en la suya. La confianza se construye de a dos, solía decir ella, no puede ser unilateral.

—Stanley —le dijo regresando a su tono de voz más tierno —, estoy aquí con el objetivo de ayudarte. No sé qué te sucedió en el pasado, pero necesito que me concedas un poco de confianza. —Lydia hizo amague de tocarle el hombro, pero desistió al advertir que él se retraía instintivamente—. No te pido que te abras a mí por completo, sé que son los primeros días. Solo te pido que me des una oportunidad.

Stanley bajó la cabeza y se puso a contemplar el suelo, idéntica posición a la que tenía cuando Lydia entró.

—¿Qué te gustaría que hiciera, Stanley? ¿Hay algún modo en que yo pueda hacer estos encuentros más confortables para ti?

—Vete —le pidió Stanley.

A Lydia le costaba recordar un paciente que hubiera mostrado tan contundente rechazo desde el primer instante. Decidió que era suficiente por hoy. Se puso de pie.

—Está bien, Stanley, sé que soy una invasora en tu mundo. Por hoy lo dejaremos aquí.

Cuando Lydia salió, Vivian y Charles Douglass miraban TV arrellanados en los sillones de la sala de estar. Los dos voltearon rápidamente al oír el sonido de la puerta abriéndose, y su expresión fue de sorpresa cuando Lydia salió de la habitación.

—Eso fue muy rápido —comentó Vivian.

Lydia entendió que en el comentario no había ninguna mala intención, sino una sorpresa genuina.

—Stanley, tal cual ustedes me anticiparon, está muy poco receptivo al tratamiento y a mi persona —les dijo Lydia—. Es entendible, y lo entenderemos mejor cuando sepamos qué le sucedió durante su prolongada ausencia.

Vivan y Charles acababan de ponerse de pie —en el caso de la señora Douglass, con ayuda de su marido—. Los dos asintieron con la cabeza.

—Quisiera preguntarles —siguió diciendo Lydia—: ¿ustedes notan algo extraño en él? Quiero decir, más allá de su actitud retraída.

—¿A qué se refiere con «extraño»? —preguntó Charles.

—Tiene razón, debo ser más específica. Me refiero a… digamos que a cierta desconexión o incongruencia con su pasado. Por ejemplo: ¿no muestra Stanley desconocer cosas que antes conocía, o haber dejado de gustarle cosas que le gustaban?

Charles Douglass se llevó el pulgar y el índice al mentón, y apuntó los ojos hacia arriba: estaba pensando. La señora Douglass, en cambio, parecía estar bastante segura:

—No —dijo elevando ligera, aunque perceptiblemente el tono de voz—. No hay nada diferente en Stanley. Es solo que él se encuentra desorientado, cualquiera que hubiese estado diez años perdido se comportaría de manera algo temerosa, es lo más normal del mundo, y me parece sencillo darse cuenta de eso. ¿O no, Charles?

Charles respondió al pedido de complicidad formulado por su esposa y asintió con la cabeza:

—Sí —dijo—. Supongo que es normal.

Lydia advirtió cierta ansiedad en la señora Douglass, y hasta un conato de indignación, como si su pregunta implicara una ofensa hacia ella o hacia Stanley.

—Solo preguntaba —dijo Lydia—. A veces determinados eventos pueden modificar las memorias más arraigadas, o incluso la idiosincrasia de una persona.

—No es el caso de Stanley —replicó Vivian.

—Seguramente no es el caso. —Lydia intentó calmarla usando el tono más conciliador—. A todo esto, ¿dónde está el detective Wilson?

—La está esperando en el auto —dijo Charles.

—Bueno, iré con él entonces. Nos veremos en la próxima sesión, la semana que viene.

—Nos veremos —dijo Vivian, aparentemente más relajada.

Lydia estrechó la mano de los Douglass y salió de la casa.

Afuera comprobó que Wilson no la esperaba exactamente en el auto, sino que estaba de pie, apoyado contra una de las puertas.

—Debes haberte aburrido —le dijo ella.

—En mi trabajo, a veces es mejor aburrirse.

Se metieron, ahora sí, en el vehículo. Wilson arrancó.

—¿Cómo estuvo? —le preguntó.

—Difícil. Stanley se muestra muy poco participativo.

—¿Y eso es normal?

—Me resulta difícil determinar, en su caso, qué es normal o no. No sabemos lo que le sucedió durante su ausencia.

—Por lo que yo veo, es como si él siguiera ausente.

Lydia lo miró, y esa mirada bastó como asentimiento.

—Hay algunas actitudes que... —Lydia decidió no terminar la frase.

—Hay actitudes que… —repitió Wilson.

—No, nada, no quiero aventurar hipótesis. Todo es muy prematuro aún.

—La próxima vez irás tú sola —dijo Wilson—. Mi presencia no tiene mucha utilidad. Ya conoces a los Douglass y también entablaste algún diálogo con Stanley, por rudimentario que fuera.

Lydia asintió.

—Eso sí —siguió diciendo Wilson—: quiero que me tengas informado. Cada tanto, llámame, o incluso puedes pasar por mi oficina. Avísame antes, así vienes en un horario en que yo esté disponible.

—Te mantendré al tanto, no te preocupes.

A LA MAÑANA SIGUIENTE, Lydia encendió su computadora con la intención de leer las noticias en las webs de los diarios. Buscó sus lentes de lectura, pero no los encontró por ninguna parte. ¿Cuándo los usó por última vez?

Y se dio cuenta de que los había olvidado en la casa de Stanley.

No tenía ganas de viajar, por segundo día consecutivo, hasta donde los Douglass. Pero si bien cualquier otra persona se podría haber pasado el día entero sin leer, una académica como Lydia difícilmente podía o quería darse ese lujo. Así que telefoneó a los padres de Stanley, rogando que estuviesen en casa.

Por fortuna, Charles la atendió. Lydia le preguntó si había problema en que pasara por su casa a recoger sus lentes en más o menos una hora.

El señor Douglass, mostrándose de buen humor, le dijo que pasara cuando quisiera, que a fin de cuentas su esposa y él eran dos jubilados y, como tales, estarían en casa todo el día.

Lydia le dio las gracias. Después se cambió y se metió en el auto.

~

El señor Douglass le abrió la puerta. Su sonrisa evidenciaba el mismo buen talante que su voz le había transmitido por teléfono.

—Vivian está durmiendo una siesta —dijo, invitándola a pasar—. Usted sabe que ella se encuentra un poco débil desde… —Charles se interrumpió, y se pasó la mano por la boca como quien censura sus palabras—. Creo que ya le he comentado sobre la enfermedad que tuvo mi mujer, no le daré más la lata con eso. Es la edad, ¿sabe? Uno comienza a repetir siempre las mismas cosas.

Lydia pensó que ese día en particular, y a pesar de su buen humor, Charles había estado pensando mucho en la vejez. Acaso más de lo recomendable.

—No me ha dado la lata, Charles —dijo Lydia, que por poco evitó llamarlo «señor Douglass»—.

—Uno envejece. —Charles hizo una pausa filosófica antes de continuar—. Con el tiempo, ya deja incluso de anhelar el pasado, como sucede a los cuarenta y pico o cincuenta, cuando no hace tanto todavía que uno dejó de ser realmente joven. A la hora de volverse viejo de verdad, uno se resigna a la repetición. Eso que llaman paz, o sabiduría, no es más que una forma de capitulación vital.

Ese discurso sí que había sorprendido a Lydia: parece que detrás de las simpáticas maneras de aquel hombre se agazapaba una íntima amargura, dispuesta a emerger ante el estímulo adecuado. Se dijo que esa era la primera vez que ella estaba sola con Charles, sin Vivian rondando por la casa. Quizá él evitaba todo el tiempo, y a consciencia, mostrar su lado pesimista delante de su esposa. Ahora que ella dormía, acababa de descargarlo todo en un instante.

—Yo ya pasé los cuarenta —dijo Lydia.

La verdad es que no se trataba de una respuesta demasiado profunda, una reflexión de la cual sentirse orgullosa. Sucedía que, ante el envejecimiento y la muerte, que eran las fatalidades que hoy acosaban al señor Douglass, no existía respuesta alguna. Y daba igual si el interrogado se llamaba Platón, Newton o Lydia Chen: ante la muerte, no hay más que silencio.

—Usted es todavía muy joven —dijo Charles, y al instante cambió de tema, como intentando disipar el aire fúnebre que él mismo había traído a la conversación—. ¿Dónde cree haber dejado los lentes?

—Estoy segura de que los olvidé en la habitación de Stanley, quizá usted debería…

—Stanley está durmiendo también, tapado hasta la cabeza. Justo antes de que usted llegara fui a su habitación y lo encontré así.

—De todos modos, quizá debiera usted avisarle.

—Vaya usted directamente. —Charles abrió más que nunca su sonrisa habitual—. Si de casualidad se ha despertado, mejor aún: que vaya acostumbrándose a su presencia en la casa.

—Le agradezco la confianza —dijo Lydia.

Y sus palabras no podían ser más ciertas, aunque esa confianza tan absoluta que depositaban en ella le provocaba, a la par del orgullo, una enorme presión. Quizá ella no era tanto la última oportunidad de Stanley como Stanley era la última oportunidad para ella.

—Yo estaré en la cocina, haciéndome un café —dijo Charles—. ¿Quiere uno?

—No, gracias, recogeré los lentes y volveré a mi casa.

Tengo varios papeles que leer, una vez que vuelva a ser capaz de leer algo.

Charles rio discretamente.

—Ah, la vida académica… —dijo con aire nostálgico. Y después caminó hacia la cocina—. Bueno, llámeme cuando haya recuperado los lentes.

Lydia fue hasta la habitación de su paciente. Iba a golpear, muy despacio, para cerciorarse de que él dormía. Sin embargo, descubrió que la puerta estaba entreabierta. No pudo evitar mirar por el resquicio y contemplar así la cama, cubierta por una frazada y con un enorme bulto que sobresalía. Estaba claro que se trataba de Stanley.

Pero, tras una mirada un poco más atenta, Lydia se dio cuenta de que no estaba durmiendo. La frazada se movía de arriba abajo. Ella aguzó el oído y pudo oír unos leves jadeos.

Ya no le quedaban dudas: había sorprendido a Stanley masturbándose.

Una conducta más que habitual en cualquier adolescente, y también un entretenimiento o desahogo común para los adultos. Sin embargo, en un joven autista como él, y que había regresado hacía poco de una larga y aparentemente traumática desaparición, aquello resultaba a todas luces anormal. No tanto por el acto en sí, sino por el ocultamiento. Si Stanley se masturbara delante de todo el mundo, como algunos niños que padecen determinadas patologías, Lydia lo consideraría un claro síntoma del deterioro de su capacidad de adaptación. En cambio, el hecho de haberle dicho a su padre que se iba a dormir una siesta —o haberlo manipulado para que lo suponga— y masturbarse con la puerta cerrada —aunque mal cerrada, de seguro eso fue un descuido—, y, para mayor precaución, taparse con la frazada de pies a cabeza… Aquello se veía más como la obra de un astuto adolescente que la de un joven con las características de Stanley Douglass.

Lydia se dijo que este caso le resultaba cada vez más desconcertante.

Decidió cerrar del todo la puerta, con el mayor sigilo posible, y después golpear.

Logró el primer objetivo: la puerta no hizo ruido al cerrarse. Ella la mantuvo así, sosteniéndola desde la manija. Después golpeó. Primero, dos golpes muy sutiles, sin respuesta por parte de Stanley, aunque ella consiguió oír el movimiento de la frazada moviéndose, que probablemente correspondía a Stanley reacomodando la posición de sus manos. En segunda instancia, dos golpes contundentes y un aviso en voz alta:

—Stanley, soy Lydia, la mujer que te visitó ayer. Necesito entrar.

Sin respuesta.

—Stanley, voy a entrar. Olvidé mis lentes y necesito recogerlos. Tu padre me dio permiso para entrar en tu habitación.

—Aquí estoy —dijo al fin Stanley, con la reticencia y sequedad a la que Lydia ya se estaba acostumbrando.

Ella abrió la puerta y entró. Stanley la miraba con gesto desconfiado.

—¿Recuerdas haber visto mis lentes, Stanley?

Stanley señaló con el dedo hacia la pequeña biblioteca de la habitación. Lydia buscó con los ojos los lentes perdidos, y observó algunos títulos que sin duda pertenecían a Charles, libros clásicos para quienes se dedicaban a tratar con niños especiales. Otros debían de corresponder a los pocos meses que el pobre Stanley llegó a cursar en la Universidad Estatal de Florida.

Al fin, sobre uno de los estantes, encontró los lentes.

—Uno de los problemas de perder los lentes —le dijo

Lydia a Stanley— es que uno debe buscarlos sin los lentes puestos.

Como ya era de esperar, Stanley no dijo nada. Seguía mirando a Lydia, y detrás de sus ojos de autista extraviado —ya no la miraba fijamente— ella percibía temor, o quizá desprecio, o incluso… ¿odio?

Lydia se puso los lentes. Y dijo con seriedad:

—Ahora puedo verte mejor, Stanley.

Y se quedó de pie, mirando a ese joven que seguía acostado en la cama en absoluto silencio. Él tenía los brazos fuera de la colcha: aunque de manera casi imperceptible, sus manos temblaban.

¿Furia? ¿Tensión? ¿Ansiedad?

¿Tan fuerte era el deseo de Stanley de que se fuera? Lydia se preguntó de dónde podía surgir tan hondo rechazo. Quizá había sufrido alguna experiencia traumática con una mujer semejante a ella en lo físico, en su modo de ser, o en los dos aspectos. No resultaba imposible, aunque sí implicaría un prodigio de la casualidad, que durante su ausencia Stanley hubiese padecido un mal momento vinculado con alguna mujer asiática, de rasgos similares a los de Lydia.

Le hubiese gustado ver cómo reaccionaba Stanley ante otra mujer extraña, física y conductualmente semejante a Lydia. Por el momento, dejaría ese experimento para después, cuando se le agotaran otras técnicas de abordaje. Al fin y al cabo, el tratamiento recién comenzaba.

Lydia se despidió de Stanley, ya sin ninguna expectativa de romper su silencio.

Cuando abandonó la habitación, aún podía sentir sobre sus espaldas el asedio de los ojos de Stanley. Una mirada intensa, con ojos que a menudo se perdían, pero a menudo se veían concentrados y sagaces.

Demasiado sagaces quizá.

8

DÍAS DESPUÉS, antes de tener la siguiente sesión con Stanley, Lydia se presentó en la comisaría para conversar con el detective Wilson. Le había avisado antes por teléfono, tal como él le había indicado, y ahora estaban sentados frente a frente, separados por el mismo impersonal escritorio de la primera vez en que se reunieron.

El detective, desde ya, le preguntó a Lydia cómo iba el tratamiento.

—No muy bien —dijo con honestidad—. Stanley se muestra más reacio de lo común a mi sola presencia. Creo que nunca un paciente me rechazó así, y te aseguro que he tenido casos difíciles.

—Entonces… —Wilson se echó atrás en su silla, como quien contempla una situación desde afuera—, imagino que no tienes mucho que contarme por el momento.

—No exactamente. Hay algo… extraño.

—¿En el caso?

—Más bien, en el paciente.

—¿En Stanley? —el detective pareció meditarlo por unos

segundos—. Bueno, supongo que por eso mismo te llamamos, por el extraño comportamiento de Stanley.

Lydia se sintió un poco subestimada por ese comentario, pero lo dejó pasar.

—No me refiero a eso, David. Por supuesto que no me extraña que Stanley se muestre retraído, y tampoco me extrañaría su reticencia si no viniese acompañada de otros síntomas.

El detective acercó el cuerpo a su interlocutora y ella advirtió en sus ojos cómo crecía su interés.

—¿Qué tipo de síntomas? —preguntó.

Lydia había decidido guardarse para ella, de momento, el asunto de la masturbación. No consideraba ético andar difundiendo, fuera de un ámbito de consulta profesional, intimidades que podrían causar vergüenza al paciente o a sus padres.

Entonces le dijo al detective:

—Algunas conductas de Stanley no concuerdan con su pasado. Por ejemplo, el que no reconociera la marca de las réplicas a escala de los automóviles que le mostré, cuando de niño, según me dijeron, se las sabía todas.

—Lydia, yo de niño llegué a memorizarme las formaciones de todos los equipos de béisbol de la temporada del 86, y ahora apenas recuerdo a algunos de los mejores jugadores. Y si me obligaran a repetirlas, ni siquiera podría asegurar que no estoy confundiéndome y mezclando jugadores de temporadas siguientes.

—Sí, David, pero tú no eres autista. Esa es la gran diferencia.

Wilson volvió a echarse hacia atrás.

—Explícate.

—Los autistas tienden a confeccionar listas mentales, por llamarlas así. Puede tratarse de lo que fuera: automóviles, deportistas, programas de TV, libros. Si tú hubieses sido autista quizá hubieras olvidado muchísimas cosas, y te hubiese costado muchísimo más aprender otras. Pero te aseguro que…

—… recordaría cada uno de los jugadores de béisbol de la temporada 86.

—Exacto.

—Entiendo. ¿Y es eso tan grave?

—Espera, todavía no termino.

—Te escucho. ¿Quieres un café?

Aunque no acostumbraba a ingerir cafeína, más que nada por su salud, Lydia asintió. El detective lanzó un grito y se presentó ante él un agente joven, atacado por el acné. Lydia no recordaba bien si era el mismo que la había recibido en la puerta de la comisaría la primera vez o solo un muchacho de aspecto similar.

—Ahora sí, cuéntame —dijo Wilson.

—En fin —siguió diciendo Lydia, mientras dejaba enfriar la taza humeante del café y le echaba dentro medio sobre de edulcorante—, como te decía, si ese hubiese sido el único rasgo discordante de Stanley, lo habría dejado pasar. Hablamos de seres humanos, no de fórmulas matemáticas, y no toda conducta o sintomatología debe encajar al cien por ciento en las ideas teóricas que nosotros tenemos sobre ella.

—Pero…

—Pero otros comportamientos me llamaron la atención, mucho más incluso que su olvido de las marcas de los automóviles. Por ejemplo, el que Stanley pasara de una mirada perdida a una fija en mí, y con una desconfianza digna de un hombre astuto y suspicaz. Eso no me cuadra con sus antecedentes y, lo más inquietante de todo, no me cuadra con ningún chico o adulto autista que yo haya conocido jamás. Y créeme, David, que he conocido bastantes.

—Te creo, Lydia. —Wilson dio un primer sorbo cauteloso

a su café. Ella advirtió que el detective también había elegido el edulcorante por sobre el azúcar, y que su aspecto evidenciaba los cuidados que ese hombre se dedicaba a sí mismo. Distaba por mucho del arquetipo creado por la novela negra, ese policía eternamente barbudo y desprolijo, como un borracho al filo de la madrugada.

—Advertí otras anomalías más sutiles —siguió diciendo Lydia—. Movimientos de manos incongruentes, cierta sensación de…

—¿De qué?

Lydia, para ganar tiempo, se llevó la taza de café a la boca. Por fortuna, se había enfriado lo suficiente y dio un trago largo.

—Quiero pedirte, David, que me facilites toda la información que poseas sobre este caso. Supongo que los archivos que me mostraste no son los únicos.

Wilson hizo una pausa antes de responder:

—Está bien. Aunque yo quisiera saber cuáles son tus dudas respecto a Stanley.

—Ya te las dije.

—No me refiero a lo que me acabas de decir, sino a tus *verdaderas* dudas.

Lydia sonrió, con la expresión de una niña atrapada por sus padres en medio de una travesura.

—Hagamos esto —dijo el detective—: ya que aquí es muy difícil hablar, con el permanente ruido de fondo, el teléfono que en cualquier momento puede sonar y la amenaza de que me surja una emergencia, te invitaré a cenar. Podremos hablar tranquilos: tú me contarás las inquietudes que te provoca Stanley y yo, por mi parte, haré una copia de los archivos y te la llevaré.

Ahora fue Lydia la que hizo una pausa, con la deliberada intención de incrementar el suspenso.

—Está bien —respondió al fin—. Pero no solo me darás la copia de los archivos: también me contarás cuál fue tu experiencia personal durante el caso. Quiero conocer tu visión: aunque me dedique a la ciencia, sé que los fríos datos no lo son todo.

El detective asintió con la cabeza.

—Hecho. Te llamaré en la semana, Lydia.

9

Un par de días atrás, el detective le ofreció pasar a buscarla en su auto, a lo que Lydia se había negado. Por eso, esa noche ella estaba viajando en su Ford Focus hacia el restaurante designado para el encuentro —aunque desde el rigor semántico lo fuera, ella se negaba a llamarlo «cita», debido a las particulares connotaciones de la palabra—.

Se reía por dentro, pensando en que esta era la segunda vez que ella le ganaba un pulso relacionado con la conducción y los autos, y así asestaba una herida al ego de macho alfa del detective Wilson. Y quien lo considerara un empate, por el hecho de que cada uno al fin y al cabo iba en su propio vehículo, demostraría un absoluto desconocimiento del pensamiento y la cultura clásicos del género masculino.

Sin embargo, se notaba que Wilson estaba muy lejos de ser un machista recalcitrante. Aunque aún más lejos se hallaba de esos ejemplares contemporáneos hipersensibles, más coquetos y vanidosos que una modelo, consumidores de libros de la *new age*, individualistas ambiguos que se recluían en sus apartamentos meticulosamente decorados y poblados de velas aromáticas. No, claro que el detective se separaba por mucho de ese arquetipo. A fin de cuentas, concluyó Lydia, quizá Wilson fuese uno de esos seres hoy en día tan extraños, en grave peligro de extinción. Tal vez Wilson fuese, simplemente, un *hombre*.

Lydia descubrió a sus propios pensamientos yendo hacia un lugar en donde ella no quería caer, así que los frenó en seco.

Esto era, después de todo, una mera cena de trabajo.

Antes de estacionarse en la puerta del restaurante la penetró, como el filo de un puñal artero, el recuerdo de Sean. A Lydia todavía le dolía esa cicatriz.

Una vez adentro empezó a lanzar miradas inquisitivas. No demoró mucho en encontrar al detective entre las mesas. Él alzó una discreta mano para llamar su atención.

Lydia, según su costumbre, realizó un paneo visual y analítico del ambiente. Si tras la fachada de esta cena de trabajo acechaba un intento de abordaje erótico, debía admitir que el detective había sido astuto, al menos respecto a la elección del lugar. No se trataba de un local que delatara de modo grosero sus intenciones: nada de medias luces o música demasiado adecuada para el romance. Tampoco percibió en el resto de las mesas una anormal afluencia de parejas, y sí una alternancia con familias con hijos y amigos del mismo sexo —salvo que fueran parejas homosexuales, pero ella no lo notaba a simple vista—. Sin embargo, existía en aquel lugar una especie de intimismo sutil, aunque Lydia debió admitir que no sabía bien a qué característica atribuirlo.

«Basta, Lydia», se dijo: «Basta de contemplar al mundo y a las personas como a una especie de estudio social, no estás en Emory».

Y se prometió no intentar controlar lo que sucediese durante el encuentro, al menos no en su totalidad. Había decidido que sanar la herida provocada por la separación de Sean —tarde o temprano la herida sanaría por completo— no la obligaba a desperdiciar la oportunidad de aprender de ella. Y por eso decidió nunca olvidarse de aquel reproche de su exnovio sobre sus excesivas ansias de control. Por el contrario: se prometió recordárselo cada vez que incurriese de nuevo en ese, su *pecado mortal* a la hora de relacionarse con los otros.

Cuando Lydia se sentó, después de estrecharle la mano a su compañero de mesa, el detective sonreía con su discreción habitual.

—Van a ser las diez —dijo—. Me tomé la libertad de pedir la carta del menú, y tengo hambre. Así que, si no te molesta, podemos pedir nuestro alimento, antes que nada.

Lydia se dijo, sobre esas palabras: «Toda una declaración de macho alfa salvaje, en estado puro y apenas disimulada».

Y después volvió a reprocharse su compulsiva tendencia a analizarlo todo.

¿O quizá el interés supuestamente científico por el detective le servía para disimular, ante sí misma, un interés de otra naturaleza?

Lydia optó por hablar: lanzar las palabras hacia afuera le impediría proseguir con su, a estas alturas, insoportable monólogo interior.

—Yo también tengo hambre —dijo recogiendo la carta que le alcanzaba David Wilson—. Me decidiré en unos segundos.

Lydia cumplió: en menos de un minuto ya se había decidido por un salmón blanco con papas *noisette*. El detective ya había optado, antes de que ella llegase, por un bistec con papas fritas.

David llamó a la camarera y pidió los dos platos. Lydia aceptó la propuesta de un vino blanco para beber.

Hablaron algunas trivialidades —comentarios sobre el

lugar y ese tipo de cosas— antes de retomar el asunto de Stanley. Sin embargo, se limitaron a reparar en lo que más o menos sabían y a decirse cosas que ya se habían dicho. Mediaba ese vacío que irrumpe en las conversaciones entre dos personas cuyos caminos han sido vinculados por circunstancias externas a sus deseos, y que por eso mismo aún no se conocen demasiado. Ni siquiera había llegado la cena, y no estaban listos para profundizar la conversación. A la vez, carecían de elementos para proseguir una charla superficial, así que no les quedaba otro remedio que volverse redundantes.

Unos minutos después —y por fortuna sucedió antes de que a Lydia la asaltara una verdadera incomodidad— llegaron los platos. La comida les facilitó unos minutos más de comentarios banales: cada cual alabó el aspecto visual del plato que escogió, y también el sabor. La conversación derivó hacia las calorías y las grasas: David dijo que le gustaba cuidar su alimentación y practicar deportes, aunque cuando Lydia detalló su propia dieta y su afición por salir a correr el detective se confesó, en broma, derrotado ante la magnitud de la pasión atlética que demostraba ella. Wilson cada tanto también salía a correr, pero sin tanta constancia. Sí mantenía una rutina en sus ejercicios caseros con mancuernas y series de abdominales: todas las mañanas, antes de ir a la comisaría, se dedicaba a exigir a uno o a otro músculo.

—Pero no me estoy volviendo más joven —terminó por decir, risueño, el detective—. Así que, muy rápidamente, me voy convirtiendo más en espectador que en practicante de deportes.

—¿Sigues las grandes ligas?

—Sigo incluso los deportes a nivel universitario, hasta te diría que son mis favoritos. Pero seguro a ti te aburre hablar de esto.

—La verdad que sí, David.

Los dos se rieron.

—Me gusta tu franqueza —dijo él—. Es una cualidad poco frecuente.

Lydia agradeció con una sutil inclinación de cabeza, a la que acompañó con una sonrisa y unos ojos que tímidamente miraron al suelo. David, acaso para cortar la tensa premura del silencio recién generado, alzó su copa:

—Brindo por el misterio específico de Stanley, y por el misterio general de la mente humana.

Lydia tomó su copa y respondió al brindis. Los dos bebieron casi al unísono.

—Aunque hagamos avances, no creo que podamos nunca revelar el segundo misterio —dijo Lydia—. En cuanto a Stanley, tengo más fe.

—Me alegra oírlo. —El detective hizo una pausa antes de seguir hablando—. La última vez no te percibí tan esperanzada.

—Creo que me has entendido mal: que un paciente me resulte difícil no significa que yo pierda las esperanzas. Al contrario, me estimula más.

—Cierto. A mí también me estimulan las dificultades cuando el premio las amerita.

Quizá David había lanzado ese comentario con un sentido doble, pero Lydia fingió no advertirlo. Dio otro trago a su copa, para llenarse de valentía, y dijo:

—Hay algo que, te lo confieso, no quise decirte en la comisaría respecto al caso de Stanley. Me lo guardé porque no me parecía correcto comentarlo con nadie, no lo tomes como un gesto de desconfianza de mi parte.

—No hay problema. —El detective recibió sus palabras con una sonrisa—. Supongo que, si lo mencionas es porque ahora has decidido decírmelo, a menos que te guste causarme curiosidad por pura diversión.

—No, David, no es el caso.

Quizá impulsada por la segunda copa de vino, Lydia le contó a David acerca de la inhabitual conducta sexual de Stanley.

—Inhabitual para alguien de su condición —se apresuró a aclarar Lydia—. Si me hubiese sucedido con un adulto no autista, sin duda hubiese sido embarazoso, pero no implicaría ninguna sorpresa.

—Es que acaso los autistas no… no…

Lydia sonrió ante la zozobra de David.

—No te esfuerces por buscar eufemismos: claro que los autistas no desconocen la masturbación. Sucede que, si lo hacen, no suelen tomar esas… digamos… precauciones que tomó Stanley. Fingirse dormido; cerrar la puerta, aunque la haya cerrado mal; taparse hasta la cabeza y hacer relativamente poco ruido… Demasiado sofisticado. No digo que lo sea para alguien que padece autismo, porque los autistas son capaces de cosas más sofisticadas que esas, y tú lo sabes porque conoces el historial académico de Stanley, pero sí lo considero demasiado para un joven que ha estado diez años desaparecido y al que le sospechamos un trauma tan grande que casi le impide la expresión verbal, y lo ha vuelto en extremo retraído. Esa conducta de Stanley corresponde más a un astuto adolescente que a lo que suponemos que él es hoy: un adulto traumatizado.

David bebió de su copa y, mientras se limpiaba la boca con una servilleta, pareció meditar respecto a lo que acababa de oír. Lydia miró a su alrededor y creyó que había menos gente en el restaurante, aunque quizá se tratara de una mera sensación suya.

—¿Y no podría esta conducta sexual adolescente de Stanley —dijo el detective— implicar una regresión infantil o algo por el estilo? Yo no sé nada, y respeto tu trabajo, solo lanzo ideas y trato de aprender.

Lydia negó con la cabeza.

—Lo que tú dices sería posible, pero debería haberse manifestado en compañía de otros síntomas congruentes. Sin embargo, Stanley no se ha mostrado infantilizado en el resto de las áreas de su vida, o hubiese por ejemplo reaccionado como un niño ante las réplicas de los automóviles que le mostré.

—Entiendo.

—Por otra parte, todos esos resguardos para no ser descubierto indican una consciencia de las reglas de la socialización que contradice la incapacidad de adaptación y comunicación que ha demostrado desde que volvió a aparecer.

El detective, masticando su bistec en silencio y mirando a Lydia, parecía indicar que no tenía nada que agregar a la contundencia de esos argumentos.

Pero Lydia sí tenía, o más bien, quería agregar algo.

—Además, David, hay otra cosa, y esto te pido que quede entre nosotros.

—Claro, sea lo que sea, quedará entre nosotros.

—Quizá te suene a tontería, a poco serio y menos científico, pero existe algo que me alarma incluso más que las incongruencias en la conducta de Stanley.

—¿Y eso qué es?

—Mi intuición.

El detective no dijo nada. Lydia se acomodó el pelo, bajó la mirada y se explicó:

—Sé que suena tonto, lo sé. Pero hay algo, no sé si se trata de un razonamiento de mi inconsciente que yo no puedo traer a la luz, o directamente de algo irracional, pero hay algo dentro de mí que me indica que las cosas van mal con Stanley.

Sé que no es lo que debería decir una investigadora seria, sucede que…

—No te justifiques —David la cortó en seco y alzó las palmas de las manos—. Se te olvida que yo soy investigador, y si bien cuento con estudios y con métodos, sé que muy a menudo uno debe poner la intuición, o lo que algunos llaman «olfato», incluso por delante de las deducciones y evidencias.

—Entonces me entiendes. Creo que, en este caso particular, nuestros trabajos no son muy diferentes.

—Claro que no. Tú estás investigando la mente de Stanley de una manera semejante a la que yo investigo la escena de un crimen.

—Hablando de eso, entiendo que tienes un regalo para mí.

El detective sonrió.

—No te preocupes, tengo la copia de los archivos en el auto. Te los daré cuando terminemos, lo hice para que no huyas.

Lydia sonrió levemente.

—Yo ya te conté mis inquietudes, y me has entregado apenas una promesa respecto a los archivos. —Lydia se llevó la copa a los labios—. Lo mínimo que puedes hacer es contarme cómo se desarrolló tu investigación en el momento en que desapareció Stanley, diez años atrás.

El detective quiso que su consternación no se tradujese en su rostro, y lo hubiese logrado de no tener ante sí a una profesional en el arte de leer miradas, gestos y expresiones. El tema debía de retrotraerlo a lugares dolorosos de su existencia.

—Como ya te he dicho, Stanley desapareció en una autopista de las afueras, aquí en Tallahassee. Yo era un investigador relativamente novato, que hacía poco se había ganado ese puesto. Me asignaron la investigación, y me la tomé con el entusiasmo con que uno se toma las cosas en esa época. No digo que ahora no me motive mi trabajo, pero…

—La juventud es la juventud.

—Exacto: yo encaraba cada caso como si fuera el último, y me jugara mi carrera y mi vida en el proceso. Y más cuando empecé a conocer a Stanley, aunque paradójicamente no lo había visto nunca en persona hasta su reciente reaparición. Sin embargo, las declaraciones de sus padres, sus compañeros y maestros fueron formando una imagen de él en mi mente, de seguro inexacta, y así y todo, igual de vívida que la que tenemos de las personas a las que frecuentamos.

—Además, no tenemos una imagen exacta de nadie, ni siquiera de nuestra pareja o nuestros amigos íntimos, así que no debe considerarse inferior tu conocimiento de Stanley.

—Imaginarás que el caso me llevó a profundizar en las características de los autistas. Desde ya que mis conocimientos no tienen comparación con los tuyos ni de los de ningún especialista en el tema. Igual me preparé de la mejor manera e intenté hacerme una idea, aunque solo fuera muy remota, de lo que podía sentir y pensar Stanley. Y sin embargo…

—No fue suficiente.

—No. —David Wilson le mostró a Lydia una sonrisa melancólica—. No fue suficiente. Fue mi primer gran fracaso como investigador, y hoy en día es una espina que llevo clavada. En su momento, con mis hombres, cometimos el error de no trabajar junto con profesionales, conocedores de la condición mental de Stanley. Les consultamos, pero los dejamos fuera de la investigación principal.

—¿Te sentías amenazado por ellos?

—No me analices, Lydia —dijo el detective sin ninguna acritud.

—No te analizo, me interesa saber. Sería lógico que experimentaras inquietud, en especial siendo en esa época un investigador novato. Quizá te parecía que jugabas con desventaja respecto a quienes llevaban años tratando con pacientes autistas e investigando esa condición.

—Quizá me sucedió algo semejante a lo que dices, aunque la verdad es que en su momento no fui consciente de eso. Yo era un joven impetuoso, como todos los jóvenes. Venía de encadenar varios éxitos, antes y después de ser nombrado investigador de la Policía de Savannah, y me creía omnipotente. Cuando no tuve más remedio, por orden de mis superiores, que cerrar el caso de Stanley y darlo por irresuelto, recibí una severa lección de humildad.

—Sí, la vida nos hace eso.

—La vida, a veces, es una maldita perra.

El detective y Lydia se echaron a reír, y el repentino cambio de tono desahogó al momento de su carga dramática.

—Tu manera de decirlo es más elocuente que la mía —dijo ella.

La camarera se acercó. Les preguntó si todo había estado bien, y ante la respuesta positiva, les ofreció pedir un postre. Ellos revisaron la carta: Lydia se decidió por una ensalada de frutas y David dijo que se atrevería con un helado.

—Esta semana lo compensaré duplicando mis ejercicios —bromeó una vez que se retiró la camarera.

Llegó el postre. La charla comenzó a fluir con mayor naturalidad, derivando hacia diferentes rumbos. Lydia habló sobre su ascendencia asiática y le contó anécdotas sobre su vida en la universidad. David, sobre su infancia y juventud. Le dijo que nació en un pueblo del sur y que a sus padres —de ideas bastante liberales, imbuidos de la atmósfera de las décadas de los 60 y los 70— no les hizo demasiada gracia cuando él les compartió su decisión de ser policía.

—Quizá existió cierto caos en mi juventud —dijo, no sin cubrir sus palabras con un aire enigmático—. No hablo de que yo me haya comportado al estilo de una estrella de *rock*, pero me faltaba seriedad, rigor, disciplina, palabras que hoy mucha gente odia porque las confunde con autoritarismo y violencia. Pero yo no busco eso, sino algo que no sabría definir.

—Quizá buscas lo que en el fondo todos buscamos: un sentido, un orden en el mundo.

—En las personas, más que en el mundo. En las cosas que la gente hace.

—Claro. Para encontrarle un orden al universo existen los físicos.

David asintió.

—A veces —dijo— creo que una simple persona puede ser más compleja que el universo.

Lydia no agregó nada: a su juicio, esa frase lo resumía todo.

Tras un rato más de charla, ya no tan profunda, los platos de los postres también estuvieron vacíos.

Y a ellos les llegó la hora de irse.

10

Afuera, Lydia acompañó a David hasta su auto. Él abrió la puerta y sacó de debajo del asiento la copia de los archivos sobre el caso de Stanley.

—No incurriré de nuevo en el pecado de soberbia —dijo él, a poca distancia de ella y aún con los papeles en la mano—. Esta vez me dejaré ayudar. Confío en tus habilidades.

—Gracias—dijo Lydia.

David le extendió los archivos. Ella los tomó. Se despidieron.

Mientras caminaba hacia el Focus, Lydia contempló el cielo oscuro y estrellado. Se había hecho más tarde de lo que supuso al salir. Cayó en la cuenta de que ni siquiera había consultado al reloj.

Hacía mucho que no se le pasaba tan rápido el tiempo en compañía de alguien. Hacía mucho que se refugiaba en su trabajo y casi no prestaba atención a ninguna otra cosa.

Una vez más, mandó a su mente a que se callara.

Ya desde el interior de su auto vio arrancar al del detective Wilson.

Tal como ella misma dijo durante la cena, el misterio de la mente humana nunca se develaría. Y se le olvidó agregar que, precisamente, eso era lo que la volvía tan apasionante.

~

Una tarde Lydia se presentó en la casa de Stanley para seguir el tratamiento. Sin embargo, tenía intenciones de cambiar por completo su manera de abordarlo. No era de las personas que, a pesar de los fallos, seguía intentando siempre lo mismo, a la espera de que por mera casualidad le terminara saliendo bien lo que tantas veces salió mal en el pasado.

Saludó a los Douglass con la educación habitual. Ya no le sorprendía que Stanley permaneciese enclaustrado en su habitación. A paso firme, Lydia caminó hasta la puerta. Tocó, con dos golpes secos, y dijo:

—Stanley, voy a entrar.

Sin esperar a que le respondiese, Lydia abrió la puerta y cumplió con su anuncio.

Allí estaba ese hombre de treinta y dos años, recostado en su cama en posición fetal, con su invariable expresión de niño a punto de iniciar un berrinche.

Stanley se abrazaba a sí mismo y dejaba que sus ojos se perdieran en el suelo.

Lydia se quedó de pie, apenas un par de pasos la separaban del vano de la puerta. Se cruzó de brazos, e inútilmente buscó la extraviada mirada de su paciente.

Y dijo:

—¿Qué pasó durante esos diez años, Stanley?

Lydia observó en él un minúsculo parpadeo y también un ligero temblor en los pies.

La escuchaba. Y no solo la escuchaba, sino que la *entendía*.

Sí, la entendía a la perfección.

—Tus padres necesitan saberlo, Stanley —insistió ella—. ¿Dónde estuviste durante estos diez años de ausencia?

Stanley apretó las mandíbulas.

—¿Dónde, Stanley?

Él negaba, sacudía la cabeza. Al principio de modo muy sutil, acorde al resto de movimientos que delataban su ansiedad. Después aumentó la frecuencia de las sacudidas.

—Será mejor para todos que digas la verdad, Stanley. —Lydia decidió no claudicar: si las respuestas le seguían siendo esquivas, al menos obtendría alguna reacción real por parte de Stanley, fuera la que fuera—. ¿Dónde estuviste durante estos diez largos años? ¿Qué te sucedió?

Stanley se tapó los oídos y su gesto de negación se volvió frenético: movía la cabeza a toda velocidad.

Lydia se quedó callada, sin avanzar ni retroceder. Con su actitud intentaba darle a entender que no se movería de allí hasta conseguir una respuesta de él.

—Me sobra el tiempo, Stanley.

Lydia había hablado en un tono decididamente desafiante. A su paciente, todavía en posición fetal, le temblaba todo el cuerpo.

«Sé que no eres un niño, y menos un bebé», se dijo Lydia. Aunque más bien, se estaba dirigiendo a él desde su mente, como si creyese en la telepatía. «Sé que, conscientemente o no, estás comportándote así para ocultar algo, Stanley, y no me iré de aquí hasta saber de qué se trata».

—Vete —dijo Stanley, quebrando el silencio de la habitación con un susurro que, sin embargo, ella oyó con claridad.

—Así que sí eres capaz de comprender lo que te digo… —Por un momento, Lydia se olvidó de que le hablaba a un paciente y se dirigió a Stanley en un tono similar al que usaría el detective Wilson frente al sospechoso de un crimen—. No estás aislado del mundo ni encerrado en ti mismo por motivos orgánicos, Stanley, sino psicológicos. Y te repito que no me iré de aquí. No me moveré de donde estoy parada hasta que me digas lo que quiero saber. Que también es, y eso es mucho más importante, lo que *las personas que te quieren* desean saber.

—Vete.

Esta vez Stanley no había susurrado. La voz sonó alta y contundente.

—No me iré, Stanley.

Él la miró, o más bien, clavó sus ojos en los de ella.

—Vete.

—No me iré hasta que me digas la verdad, Stanley. —Lydia descruzó los brazos y los extendió levemente hacia él—. Quiero ayudarte, y no me importará ser un poco ruda ahora si al final resulta ser para mejor.

La reconcentrada mirada de Stanley, tan inhabitual en los de su condición, temblaba en sus córneas. Él se «desenredó», abandonando su posición de feto. Se sentó en la cama. Volvió a extraviar la mirada en el suelo.

Lydia retomó el tono dulce de las sesiones anteriores:

—Stanley…

—¡Vete! —bramó ahora el hombre aquel, ya sin rastros de niño—. Vete, no quiero hablar contigo, no sé qué me sucedió, no quiero saber nada de ti.

—Stan…

—Vete al carajo, déjame tranquilo.

Aquella imprecación sí que resultó una sorpresa para Lydia. Stanley permanecía sentado en la cama, pero su cuerpo se había puesto en posición de ataque, quizá —solo quizá— sin que él fuese consciente de ello. Había adelantado el cuello y la espalda, como un depredador a punto de saltar sobre su presa.

Aunque Lydia nunca se encontró en una situación tan hostil con un paciente adulto, no se amedrentó.

—Habla, Stanley. Expulsa esos demonios: dime al menos una palabra sobre lo que te sucedió en estos diez años, y te dejaré en paz por hoy.

—¡Dije que no quiero! ¡No quiero, y tú no me obligarás!

—Stanley, yo no te estoy obligan…

—¡No me lastimes, no recuerdo nada! —Stanley gritaba cada vez más y Lydia pensó que los alaridos se oirían en toda la casa, por no decir en la cuadra entera—. ¡Déjame en paz, me lastimas!

—No te toqué, Stanley, ni te dije nada hiriente. No te estoy lastimando.

Lydia oyó lo que temía oír: unos pasos provenientes del comedor.

—¡Me lastimas! —repitió Stanley y se lanzó sobre ella.

Lydia pensó que él la golpearía, pero no fue así: Stanley se limitó a tomarla de las manos y a sacudirse sin sentido sobre su eje. Volvió a perder la mirada, que apuntaba hacia arriba y a la izquierda de la habitación, allí donde no había nada que ver.

Y a espaldas de Lydia, el ruido de la puerta abriéndose.

—¿Qué está pasando?

La inconfundible y, hasta ese momento, pacífica voz de Charles Douglass resonó ahora con ferocidad.

Un instante después, tal como era de preverse, la afligida voz de Vivian, la indignada madre.

—Dios mío, ¡Stan!

—Yo no lo estoy cogiendo a él, señora —dijo Lydia con profesional aplomo, cuando Vivian se abalanzó sobre ellos dos. Le mostró sus muñecas atrapadas por los dedos de Stanley con la eficacia de una llave inglesa—. Entenderá que la situación es justo a la inversa.

—No quiero ninguna de sus excusas —le contestó Vivian,

con tanta vehemencia que le roció el rostro con salpicones de saliva—. Las mismas mentiras le habrá dicho a los de Emory.

A Lydia le dolió el golpe bajo, un profundo gancho al estómago. Pero mantuvo la serenidad: no debía ponerse a la altura de los Douglass. Al fin y al cabo, se trataba de padres preocupados por su hijo, incapaces de razonar con lucidez.

Lo que sí le molestaba era haber caído en esa *trampa* de Stanley. No había dudas: él armó esa escena de manera totalmente deliberada para que sus padres creyesen que era Lydia quien había recurrido a la violencia. Por eso se quejó de abusos inexistentes, en voz muy alta. Por eso se sacudió a sí mismo como si fuese Lydia quien lo sacudiera. Y, por último, por eso también volvió a poner su «expresión de autista» cuando llegaron Vivian y Charles.

Y fue el propio Charles quien, meneando la cabeza, dijo:

—Estoy muy decepcionado, señorita Chen. —Había en su melancolía algo más que una antigua rigidez de profesor, anidaba en su voz una rabia contenida, latente—. Como ya insinuó mi mujer, por algo habrán rechazado sus métodos en Emory. Si su gran progreso científico consiste en maltratar al paciente a la manera de la Gestapo, preferimos continuar con los procedimientos más convencionales.

Vivian abrazaba a Stanley y frotaba sus brazos con los dedos.

—¿Estás bien, hijo mío?

Stanley asentía con la cabeza y mantenía la mirada desenfocada. Lydia esperaba que de un momento a otro él volviera a fijar sus ojos en ella y, sin usar ni una palabra, apenas valiéndose de esos ojos penetrantes y con una sutil sonrisa burlona le dijera:

«Te gané. Soy más listo que tú».

Claro que Lydia tardó poco en darse cuenta de que

aquella era una idea muy tonta. Y menos aún demoró en entender que acababa de perder su trabajo.

—Váyase de mi casa —dijo Vivian sin soltar a Stanley—. Quiero que se vaya y no vuelva nunca más. Si le debemos dinero, arréglelo con el agente Wilson y le pagaremos por medio de él.

Lydia miró a Charles Douglass, su improbable y última esperanza.

Dijo:

—Si pudiesen tranquilizarse un poco y me permitiesen explicarles la situación…

—No necesitamos que nos explique nada —interrumpió Vivian.

—Me temo que mi mujer tiene razón. —Las palabras de Charles equivalieron a la última palada de tierra sobre la tumba del trabajo de Lydia: ya podía considerarse desempleada. Otra vez.

Charles volvió a hablar:

—La acompañaré hasta la puerta, señorita Chen.

Ya no tenía mucho sentido pedirle que se dirigiera a ella por su primer nombre, se dijo Lydia, no sin una cuota de humor negro.

Caminaron hasta la puerta. El señor Douglass la abrió. Antes de irse, ella dijo:

—Si se calman y desean conversar, tienen mi teléfono. Hay algo extraño en el compor…

—Adiós, señorita Chen.

Lydia agachó la cabeza. Recién cuando oyó la puerta detrás de sí, y se encontró fuera de la casa de los Douglass, advirtió que le dolían las mandíbulas de tanto apretarlas.

«Me ganó. Es más listo que yo».

Cada vez crecía más en ella la convicción de que Stanley Douglass había sido, en su momento, mal diagnosticado. Los métodos de diagnóstico de las ciencias del comportamiento habían mejorado mucho desde que él era un niño. Quienes examinaron a Stanley, con herramientas inferiores a las actuales, fueron incapaces de advertir que aquel chico padecía, sin duda, una anomalía de altísima gravedad. Pero esa anomalía, fuera la que fuera, no llevaba el nombre de autismo.

11

Otra vez en el apartamento, sola, está Lydia, sentada en su escritorio, ante el reflejo de la pantalla de la computadora y con los pensamientos que se dispersan, se mezclan y deslizan como por una infinita pendiente; y un desamparo que refleja el que sintió otras veces. Y vienen hacia ella, estúpidamente mezcladas, las imágenes del consejo de Emory y de John Fancy en su despacho, y la de Sean ordenando mudar sus cosas a hombres que caminan como autómatas, y las de Stanley engañándola —y una humillante risa que él no profirió en aquel momento, pero que ella se imaginaba ahora al recordarlo—, y la de Vivian y Charles Douglass echándola a la calle como a un perro rabioso. Toda una colección de abandonos y despedidas, se dice ella, como cuando sus padres regresaron a la tierra natal y la joven Lydia se quedó a vivir en los Estados Unidos, en busca de un sueño americano en el que hasta los propios americanos habían dejado de creer. Y, en esa serie de pensamientos, le llega incluso el recuerdo breve de la escueta despedida telefónica al detective Wilson, luego de contarle sobre su discusión con los

Douglass. Una cadena de adioses forzados: a ella la echaron los padres de Stanley y después ella expulsó de su vida al detective.

«Expulsó de su vida», la expresión sonaba mucho más romántica que profesional. Lydia se avergonzó de sus propios pensamientos y se preguntó qué la llevó a pronunciar esa frase en su mente. ¿Acaso porque David —mejor llamarlo por su nombre— era un hombre atractivo? ¿Eran simplemente sus bajos instintos actuando sobre su razón?

No, ella no lo creía así. No se trataba de que David fuera un hombre atractivo, o no solo de eso. Sucedía que él era el primer hombre con el que iba a cenar, y mantenía cierto contacto, desde que se separó de Sean. Una suerte de placebo emocional: David Wilson, para su inconsciente hambriento de compañía viril, había sido un amante sin amor ni cama.

Hay veces que el inconsciente también se conforma con poco, reflexionó Lydia, con una sonrisa amarga en la boca.

Había vuelto a fracasar. Desde aquel día fatídico en que ella se separó de Sean y de Emory, las cosas no mejoraban. Rectificar el rumbo de su vida parecía mucho más difícil de lo que había pensado.

Y el caso de Stanley… Ella pensaba una y otra vez en la horrible manera en que él la manipuló. ¿O no había sido una manipulación deliberada? ¿O acaso era ella la que se estaba volviendo paranoica, y su propia mente la que ya no funcionaba tan bien como en anteriores tiempos?

Fracaso. Abandono. Esas palabras parecían haberse convertido en objetos muy concretos y *filosos*. Sí, eso mismo: se asemejaban a agujas penetrando en el cráneo de Lydia, y la torturaban y la acuciaban, le provocaban pesadillas incluso cuando estaba despierta.

Y el nombre de Stanley —al igual que el de Sean o el de la Universidad de Emory— también había sufrido una mutación: de simples nombres, en principio, ajenos a ella, se convirtieron en sinónimos de su derrota.

La derrota con Stanley, la más reciente de todas, no podía quitársela de la cabeza. Esos ojos, perdidos y acaso también astutos, sibilinos… No, ya no se trataba de su reivindicación profesional —lo que de por sí no hubiera significado poco—, sino de resolver el misterio: a Lydia le costaba imaginarse continuar su vida cargando en la consciencia la certidumbre de que, en Stanley, o en la enfermedad de Stanley, subyacía algo diferente a cualquier otra patología que ella hubiera visto. Otra persona quizá se hubiese desentendido del paciente y salido en busca de otras oportunidades laborales. Pero de ninguna manera Lydia Chen sería capaz de adoptar esa actitud. Una vez le había dicho Sean —cuando las cosas entre ellos andaban bien y cada uno usaba con orgullo su anillo de compromiso— que ella representaba una mezcla paradójica entre la pasión occidental y la paciencia de Oriente, y de allí surgía su tesón tan particular, esa especie de *fuerza amable* con la que a veces actuaba. Quizá, reflexionaba Lydia riéndose, aquello no había sido más que un subterfugio de él para echarle a la cara, con la mayor sutileza posible, que ella resultaba insoportable en el momento en que algo se le metía en la cabeza. Sin embargo, Lydia lo había tomado como un verdadero elogio en su momento, y hoy en día prefería seguir considerándolo así. ¿Qué sentido tiene detenerse en la veracidad de un camino que nunca volveremos a recorrer, en los actos de personas que jamás volverán a nosotros? La objetividad del método científico servía para muchos fines, tal vez algún día sirviera para explicar el universo. Pero a la memoria la regían otras leyes, y ella prefería respetarlas mientras no perjudicaran a nadie.

Y entonces, sin más ánimos para intentar retrasar lo inevitable, Lydia resolvió que seguiría investigando el caso de

Stanley Douglass. No le importaba si sus ofendidos padres la querían bien lejos o si David Wilson se negaba a prestarle ayuda. Ella se las arreglaría por su cuenta. Estaba acostumbrada a hacerlo: no en vano luchó contra el mundo dentro de Emory y trató de imponer su método hasta que la situación se tornó insostenible. Si la ayudaban, bien; si no, seguiría igualmente adelante.

Una vez tomada la decisión, se preguntó por dónde empezar. Tomó del cajón del escritorio, ubicado justo a la altura de su abdomen, la copia del archivo del caso Douglass que le había facilitado David cuando cenaron juntos. Comenzó a hojearlo, salteando las partes que se sabía casi de memoria. No saltaba a la vista nada inhabitual.

Se dijo que, así las cosas, tomaría el camino más lógico. Y ese camino la llevaría a Tallahassee. En concreto, a la Universidad Estatal de Florida. Se entrevistaría con los antiguos profesores y compañeros de Stanley. El detective Wilson, y de seguro otros agentes, ya los habrían interrogado a todos. Pero Lydia confiaba en poder detectar detalles que ellos quizá pasaran por alto.

Miró el reloj de pared, aunque ya sabía que hoy era tarde para comenzar. Sin embargo, mañana mismo abandonaría el apartamento —que los últimos días se convirtió en la prisión de sus penas— y manejaría hasta la Universidad Estatal de Florida. Iría en busca de aquel Stanley que, en un sentido profundo, parecía seguir desaparecido.

12

Según la época del año, en Tallahassee podía hacer bastante frío o calor, sin demasiado lugar para los climas templados. Por fortuna, el calor que le había tocado a Lydia resultaba tolerable, a tal punto que ni siquiera debió prender el aire acondicionado del auto. Manejaba con la ventanilla abierta, y el aire producido por el movimiento le bastaba como ventilación.

Había visitado esa ciudad en un par de ocasiones, no recordaba los motivos exactos, pero seguro que se relacionaban con la vida académica. Tallahassee era un monumento a las universidades y a la cultura en general: Lydia contempló desde su vehículo el Museo de Historia Natural de Florida y la misión franciscana de San Luis de Apalache, construida en 1633 y que se conservaba en perfecto estado. Se respiraba en toda la zona un gran respeto por el pasado y la tradición, un culto al conocimiento y a la verdad. Un respeto que no existía en otros lugares de Estados Unidos, donde solo importaban el hoy y el mañana y la gente vivía como si antes de ellos nada hubiese existido, como si las cosas que veían acabaran de erguirse ante sus ojos por generación espontánea y no hubiesen requerido el trabajo —cuando no la sangre— de generaciones de hombres y mujeres pretéritos.

Nadie podía ponerlo en duda: Tallahassee era una ciudad nacida para albergar universidades y a académicos, y todo tipo de instituciones vinculadas con la cultura.

Sin embargo, y aunque a ella le hubiese gustado visitar el museo o los jardines, o recorrer la facultad en una visita de placer, por desgracia no era el goce intelectual lo que la había traído hasta ahí. Y aunque nadie ignorara qué tan emparentados se hallaban la curiosidad y el ansia de respuestas con el quehacer científico, las inquietudes y las ansias de Lydia tampoco respondían hoy a las de la ciencia.

Llegó por el caso de Stanley, que —¿para qué negárselo a sí misma?— se había convertido en un asunto personal.

Al fin apareció ante ella la enorme fachada, la entrada al campus de la Universidad Estatal de Florida. No llamó antes: podría haber consultado por los horarios de los profesores o incluso concertar una entrevista directamente con alguno. Pero Lydia decidió lanzarse «a ciegas», estacionar el Focus en el exterior del campus y después recorrerlo a pie, pisando las huellas que el Stanley del pasado habría dejado allí.

Lydia consiguió lugar para estacionarse, a un par de cuadras del campus. Si obtenía datos de interés se pasaría la tarde concentrada en más averiguaciones, así que la caminata de hoy compensaría, en parte, el abstenerse de ir a correr.

Antes de entrar utilizó el celular para acceder a la página web de la universidad, y una vez allí, al mapa del campus.

Después entró al campus. Comprobó que era extenso y, a su académica manera, acogedor. Claramente predominaban tres colores: el verde del césped y los árboles circundantes, el blanco de las paredes y estructuras, y junto a ese blanco, diversos matices del color ladrillo. En ese momento había poca gente caminando, era horario de clase y la mayoría permanecía en las aulas.

Los pasos de Lydia la llevaron a una fuente con lo que parecían tres ninfas, esculpidas en piedra gris, con aspecto de estar jugando en el agua. Esa inmovilidad, esa falsa humanidad de las estatuas, le recordó al impenetrable muro de silencio que Stanley había construido entre ella y él.

Al fin se enfrentó a la fachada de la universidad en sí, donde podría preguntar por los profesores.

Entró y se acercó a la oficina de informes, mientras consultaba en su celular un archivo de texto con los nombres de quienes habían sido profesores de Stanley diez años atrás.

La atendió una joven rubia y de sonrisa amable. Lydia reflexionó, antes de ir, si le convenía hablar primero con el decano o algún tipo de autoridad administrativa, o abordar directamente a los profesores. Si ella siguiese trabajando de manera oficial en el caso de Stanley habría optado al instante por la primera opción, la más segura y «prolija». Sin embargo, los Douglass la habían echado de su casa, y si al decano se le ocurría hacer un par de llamadas para comprobar el testimonio de Lydia descubriría que ella no trabajaba ya con ellos, y quizá tendería a percibir su trabajo de investigación como al síntoma de una obsesa con ganas de meterse en problemas ajenos.

Por lo tanto, Lydia le preguntó a la rubia por los profesores, a los que fue nombrando uno a uno. Dijo ser una periodista escribiendo sobre la vida en las diferentes universidades del país. También se había decidido antes, en su apartamento, por esa mentira. Cuanto más simple sea una ficción, más fácil resultaría sostenerla.

Tenía preparada más información apócrifa para brindarle a la rubia —nombre del medio en que supuestamente trabajaba, nombre de otras universidades que visitaría, etc.—, pero no le preguntó nada más. Sin borrar su sonrisa, le dictó los horarios en los que, si corría con suerte, podría encontrar a algunos de los profesores durante ese día. También le informó en qué días estarían disponibles los ausentes.

Faltaba media hora para que tocara el timbre del receso y pudiese hablar con alguno de ellos.

Volvió a salir al campus para, sentada en un banco, esperar. El ambiente la arrastraba a la nostalgia. Aunque el paisaje ante sus ojos luciera distinto al de Emory, ella consideraba que todos los campus eran íntimamente iguales. Algo imposible de explicar o describir se respiraba en el aire: impregnaba los edificios, los senderos, incluso los árboles de alrededor.

Lydia aún estaba en pleno viaje mental, subida al azaroso tren de la memoria, cuando el estruendo del timbre la trajo de regreso al presente.

Entró de nuevo al edificio y descubrió que la joven rubia de la recepción seguía sonriendo. Y también vio venir a uno de los profesores que quería entrevistar: Mark Newman, un hombre regordete, con pelo y barba canosos y una sonrisa afable estampada en el rostro. Caminaba en dirección a Lydia, aunque sin haberse percatado de ella: una alumna le estaba hablando, seguramente le planteaba alguna duda sobre su materia, y el profesor Newman respondía sin el menor gesto de apuro y menos de fastidio.

Por fortuna, la alumna se despidió de él antes de que llegara a la altura de la sala de informes, donde lo esperaba Lydia, y ella pudo abordarlo sin interrumpir otra conversación:

—¿Profesor Newman? —Lydia ya sabía que era él, por fotos que había buscado en Google—. Mi nombre es Lydia Chen, y me gustaría pedirle unos minutos de su tiempo.

Lydia fue sincera con él, igual que lo sería con los cuatro profesores más con los que consiguió conversar durante esa tarde. Le dijo que había acudido a él para saber sobre el comportamiento de Stanley, más allá de sus notas y otros datos numéricos y objetivos que podrían hallarse en los archivos institucionales. Ella quería saber sobre su personalidad, el trato con los compañeros y si alguna vez había dicho o hecho algo que pudiese insinuar alguna tendencia oculta y extraña, una segunda personalidad que Stanley se negara a sacar a la luz.

Claro que esto último no lo preguntó de manera explícita.

Sin embargo, ninguno de los profesores que Lydia entrevistó dejó lugar a dudas: corroboraron el testimonio, la idea general de que Stanley había sido un chico esforzado, que peleaba a cada minuto por superar los supuestos límites impuestos por su condición, y que no solo los profesores y el personal en general de la Universidad Estatal de Florida, sino también sus propios compañeros lo respetaban y querían. Se ganó el afecto de cada uno y no hubo quien dejara de lamentarse por su trágica desaparición, diez años atrás, en una carretera de Tallahassee.

Una profesora, que tenía dos horas libres ese día entre una clase y otra, se mostró incluso más solícita que sus colegas. Aseguró estar dispuesta a comunicar a Lydia con el consejero residente, que le mostraría el lugar donde Stanley se hospedó durante su único año en la universidad, y de seguro tendría información útil para aportar a la investigación. Lydia le agradeció. La profesora le dijo que hoy hablaría con el residente y que viniese a verlo al día siguiente a las diez de la mañana.

Para cuando eso sucedió ya era bien entrada la tarde y el sol había dejado de proyectarse sobre las paredes color ladrillo; alrededor del campus, las antes resplandecientes copas de los árboles parecían teñirse, por efecto de la sombra, de un apagado verde musgo.

Si bien Lydia no había aprendido nada sobre Stanley que

no supiera desde el primer momento, tenía esperanzas en el día de mañana y en su encuentro con el consejero residente. No le quedaba más alternativa que aferrarse a ello porque, de otro modo —debió confesárselo a sí misma—, no sabría qué otro camino tomar.

Y le aterraba la idea de quedarse a mitad de recorrido, de no saber nunca qué había en verdad sucedido con el reaparecido Stanley.

13

AL DÍA siguiente Lydia asistió a la universidad a la hora señalada, a las diez de la mañana. La profesora, con la que había intercambiado números de teléfono, la llamó para confirmarle que el consejero residente la esperaría en ese horario.

El residente se llamaba Ian Cheek, un hombre alto y delgado, de unos cuarenta años. Le estrechó la mano con esa morosa amabilidad tan típica del Sur. Lydia era consciente de que, de haberse encontrado en medio de una investigación en Nueva York, por ejemplo, las dificultades para acceder a lugares y personas se hubiesen multiplicado de manera exponencial, por la desconfianza y el modo de vida que imperaba en esas enormes ciudades.

Allí, en cambio, las cosas se manejaban de manera diferente. Uno era inocente hasta que se probara lo contrario, y no al revés, por lo que las costumbres mantenían el espíritu de lo establecido por las leyes, al menos en ese punto específico.

Claro que, en opinión de Lydia, no era la ley lo que llevaba a esas personas a comportarse así, sino una intrínseca fe en el ser humano: todavía quedaban lugares en los que uno podía gozar del beneficio de la duda y no ser mirado de antemano como un intruso y un potencial enemigo.

Lydia recorrió las habitaciones de la residencia, incluso conoció aquella en la que vivió Stanley. Claro que habían pasado diez años desde aquello, así que ya no existía entre esas cuatro paredes el menor vestigio de la estadía del alumno Douglass.

En cuanto al testimonio de Ian Cheek, el consejero repitió lo mismo que los profesores: Stanley se había mostrado en todo momento como un irreprochable alumno y una persona ejemplar, alguien que inspiraba a todos con su dedicación y sus ansias de progreso.

Parecía imposible encontrar a alguien que arrojara el más mínimo manto de duda sobre la «perfección» de Stanley Douglass. Lydia se preguntó si en verdad el joven Douglass habría dejado tan buena imagen en su breve paso por la universidad, o si la absoluta aprobación por parte de todo el mundo no se relacionaría con la intención, igual de común a toda la gente, de mostrarse políticamente correctos. En otras palabras: no resultaba fácil, y menos en esta época, señalar algún defecto en un chico autista y que se había pasado diez años desaparecido.

Stanley no estaba muerto, desde ya, pero Lydia sospechaba que pudiese estar ocurriendo un fenómeno semejante. Al menos lo tendría en cuenta como hipótesis: nadie es tan perfecto.

Lydia se empezaba a decepcionar, y a su indagación se le cerraban las puertas.

Se le ocurrió preguntar al consejero por lo excompañeros de Stanley. Seguro tendrían una visión menos idealizada de él. El contacto entre pares siempre es mucho más cercano que el de un profesor con un alumno.

Ian Cheek le pidió a Lydia que la acompañara hasta la

sala de archivos. Allí abrió un cajón y, corriendo con los dedos carpetas apiladas, se detuvo al fin en una de ellas. La extrajo.

—Este es el registro de hace diez años —dijo—, justo la época en la que Stanley estudió en nuestra casa. Haremos copias, aquí mismo en el campus, y usted podrá llevárselas. Allí encontrará los datos de los compañeros de Stanley. De más está decir que confío en que usted les conceda un buen uso y los mantenga en privado: si bien es evidente que no hallará aquí nada muy íntimo, se trata de información que los alumnos han confiado a nuestra universidad.

Lydia asintió y le dio las gracias a Cheek.

Fueron juntos a hacer las copias. Ya con las hojas en su poder, Lydia se despidió del consejero y le volvió a dar las gracias. Ese hombre en verdad se las merecía.

Ya fuera del edificio de la universidad, y antes de abandonar definitivamente el campus, Lydia se volteó para observar el panorama completo. A juzgar por el modo en que habían tratado a una completa extraña como ella, resultaba fácil imaginarse el inmenso cariño y apoyo que Stanley habría obtenido por parte de toda esa gente, diez años atrás. Notó, al momento de hablar con cada uno de los profesores, el pesar que invadía sus rostros al recordar la desaparición, y cómo la luz regresaba a sus ojos al evocar las antiguas anécdotas de Stanley o al alegrarse por la noticia de su regreso.

Lydia reparó en lo injusta que había sido la vida con Stanley Douglass: después de tanto luchar por acceder a una vida común, y sobreponerse a su autismo, una extraña desaparición parecía haber anulado todo cambio positivo. Porque el paciente que ella confrontó no tenía nada que ver con ese chico al que mentaban los testimonios. Y, no obstante, muy poco sentido tendría suponer que toda esa gente le había mentido en la cara, por más políticamente correctos que quisiesen ser.

Por enésima vez, Lydia se repitió la pregunta que atormentaba su mente. Esta vez la dijo en voz alta, aunque no hubiese nadie en condiciones de oírla:

—¿Qué te pasó, Stanley?

Miró la copia de los archivos que sostenía en la mano derecha. Quizá, solo quizá, encontrase allí la punta de algún ovillo que pudiera desenredarse y que culminara en una respuesta.

14

Se metió dentro del auto y allí mismo comenzó a revisar los papeles. En efecto, leyó el nombre del propio Stanley junto al de los compañeros que estudiaron y convivieron con él. Por fortuna también estaban las direcciones y números de teléfono, aunque después de diez años muchos habrían perdido validez.

Igual, se dijo Lydia, valía la pena hacer el intento. Uno de ellos, al menos, debía de haber mantenido su dirección.

Intentó en vano llamando a varios números desde su teléfono: en los casos en que la atendieron, se trataba de nuevos ocupantes de esas casas sin la menor idea de cómo contactar al dueño anterior. En otros casos, los números ya no estaban disponibles —según informaba la voz electrónica de la compañía de teléfono—, o simplemente no la atendía nadie.

Hasta que, más o menos por el décimo llamado, Lydia acertó:

—Sí, recuerdo a Stanley —le dijo una voz que aún sonaba jovial, quizá en parte por ese fugaz viaje en el tiempo que todos emprendemos al recordar el pasado adolescente—. Él fue mi compañero de cuarto hasta que… Bueno, sucedió lo que usted ya sabe.

No solo había localizado a un alumno que estudió con Stanley, sino ¡al mismísimo compañero de cuarto! Vaya que a Lydia le sonrió la fortuna esta vez. Ya era hora, se dijo: ya ni recordaba lo que era tener un golpe de suerte. En su mente sonaban fuegos artificiales de festejo.

—Sí, por supuesto que me gustaría ayudar —dijo el hombre una vez que ella, después de explicarle sus motivos, le pidió una entrevista.

Según los registros, se llamaba Michael Strutt y había conseguido graduarse. Vivía, y seguía viviendo, a unos pocos kilómetros de la universidad.

—Puede venir ahora mismo, tengo un buen rato disponible —dijo Michael.

Aunque consciente de que conversar con ese chico no garantizaba ningún resultado en sus indagaciones, a Lydia le había vuelto el entusiasmo al cuerpo. Le dijo que saldría de inmediato hacia allá.

Y, poniendo en marcha el Focus, eso mismo fue lo que hizo.

Michael le abrió la puerta y la invitó a pasar con una cálida sonrisa. Tenía un aspecto atlético y vivaz, hablaba en voz alta y clara, a la vez que amable. Le ofreció algo de tomar y Lydia le dijo que le gustaría un vaso de agua fresca. Michael se dirigió hacia la refrigeradora mientras ella aguardó sentada en un confortable sofá de la sala de estar.

Cuando Michael regresó a la sala sostenía, además del vaso de agua, una botella de bebida deportiva para él, una de esas con sabor a frutas y que contienen minerales y vitaminas.

Aunque el muchacho se había mostrado predispuesto a colaborar desde el primer instante, ella seguía siendo una extraña a sus ojos, así que Lydia aprovechó para lanzarle un comentario que aumentara la confianza entre los dos.

—Veo que, igual que a mí, te gustan los deportes.

—Sí, me gusta correr y cada tanto hago pesas. —Michael tomó un trago de la bebida, como si el mero recuerdo del deporte acabara de darle sed, y se sentó en el otro sillón de la sala—. Además, en los viejos tiempos, solía jugar al fútbol en el equipo de la Universidad Estatal de Florida.

Lydia le contó que ella, aunque nunca jugó en ningún equipo de nada, también adoraba salir a correr. Aquello derivó en una charla muy breve, introductoria, que sirvió para romper el hielo. Pronto se encontraron hablando de Stanley.

—Él no era muy bueno para los deportes en sí —decía Michael—. Me refiero a que no servía para jugarlos, quizá por su… por eso que…

—Por su autismo —completó Lydia acudiendo en auxilio de su interlocutor. No era la primera vez que lo comprobaba: la gente, cuando hablaba con ella sobre autismo y condiciones mentales afines, siempre temía decir algo ofensivo o grosero.

—Sí, supongo que eso tendría algo que ver —siguió el aliviado Michael—. Para lo que sí era inmejorable Stanley era para las estadísticas deportivas: podía recordar el porcentaje de derrotas y victorias de cada temporada del equipo de fútbol americano universitario, y hasta el nombre de todos los rivales que vencimos y que nos vencieron. A veces era incluso capaz de repetir el resultado de un partido específico. Estábamos conversando en el campus y alguien decía «Ese partido contra tal equipo que ganamos por poco, creo que por…», y ante la desmemoria del que hablaba, Stanley intervenía y acertaba con la diferencia exacta de puntos. Bueno, «acertaba» es una manera de decirlo: él se *acordaba*.

—¿Estás seguro de que sus memorias eran correctas? Porque me imagino que ni tú ni nadie más se acordarían.

—En más de una ocasión me tomé el trabajo de revisar los registros, y comprobé que Stanley había tenido razón en sus precisiones. Nunca conocí a nadie que conservara la información de una manera tan… no sé, como una máquina, una base de datos humana.

—Es característico de algunas personas con autismo —dijo Lydia—. ¿Algo más que puedas decirme de él?

Igual que los entrevistados anteriores, Michael Strutt alabó las virtudes personales de Stanley: su compañerismo, su disposición ante los demás, su afán de superación.

—Tú compartiste un cuarto con él —dijo Lydia—. Seguro conoces algunos rasgos más peculiares de su carácter, ignorados por el resto de los profesores y alumnos.

Mientras él parecía meditar su respuesta, Lydia se apresuró a aclarar:

—Quiero que sepas que no te hago esta pregunta por afición a los chismes, sino que podría ser en verdad muy importante para que yo pueda ayudar a Stanley.

—Recuerdo que a él le gustaba tocar el piano —dijo Michael. Por su gesto evocativo, daba la impresión de que había *traído* el dato desde la memoria, como un adulto recupera de su desván un viejo juguete de la niñez—. De hecho, le gustaba muchísimo, amaba ese instrumento.

—¿Y dónde había aprendido?

Lydia ya imaginaba la respuesta.

—En su casa, por intermedio de sus padres —respondió, efectivamente, Michael—. Bah, eso me dijo él, aunque supongo que habrán contratado un profesor. Pero creo que tenía una habilidad natural, quizá también por su…

—Autismo.

—Quizá también tuviera que ver con eso, ¿no?

—En muchas de las tareas que implican una concentración efectiva, ciertos autistas pueden tener, por decirlo así, una ventaja sobre otros. Aislarse del mundo quizá no es lo mejor a la hora de socializar, pero sí cuando uno debe concentrarse en el instrumento y las notas, y obviar el universo de alrededor.

Michael asintió con la cabeza.

—La verdad es que nunca me puse a investigar sobre el autismo de Stanley, porque yo ni lo tenía en cuenta. Quiero decir: me relacionaba con él del mismo modo que con cualquier otro compañero. Es cierto que a veces, en ciertas actitudes, uno notaba alguna particularidad. Cada tanto se mostraba como perdido, demasiado distraído, pero nada especial. Yo no tengo autismo, que yo sepa, y a veces también miraba por la ventana durante las clases que me aburrían.

Michael sonrió y Lydia correspondió su sonrisa.

—¿Recuerdas algo más? No te limites, ni pienses que nada es irrelevante: cualquier detalle podría serme de ayuda.

Michael regresó al desván de su memoria, esta vez, por desgracia para Lydia, no trajo ningún juguete viejo:

—Creo que eso es todo —dijo.

Lydia le pasó su número de teléfono:

—Por favor, comunícate conmigo si recuerdas algo.

—Acabo de darme cuenta de que no le pregunté cómo está Stanley ahora.

—Está bien —mintió Lydia—. Algo afectado por su experiencia, pero estoy segura de que mejorará.

Se levantaron de los sillones en señal de que había terminado la conversación.

—¿Y sus padres? ¿Cómo lo tomaron? —preguntó Michael.

—Los Douglass están felices.

—Espero que usted los pueda ayudar.

—Yo también lo espero, Michael. Muchas gracias por tu ayuda.

El joven le abrió la puerta y Lydia salió.

Se metió en el auto, le daba vueltas en la cabeza la habilidad y el afecto que Stanley sentía por el piano. ¿Por qué no había ninguno en su habitación? ¿Por qué sus padres no habían siquiera mencionado esa actividad, que según Michael parecía haber sido una de las más importantes de su vida? Lydia les dijo bien claro a los Douglass que necesitaba saber qué cosas estimulaban a Stanley, se tratara de objetos, personas o aficiones. Ella los visitó varias veces y, aun a sabiendas de lo difícil que le estaba resultando comunicarse con él, nunca mencionaron el piano. Imposible que a alguien que se dedicaba a la educación de niños con necesidades especiales, como Charles Douglass, no se le hubiese ocurrido en ningún momento que poner un teclado enfrente de Stanley podría haber facilitado una respuesta positiva por parte de él. Y tampoco se le antojaba verosímil que ellos, simplemente, se hubiesen olvidado de que su hijo experimentaba aquella pasión.

¿Acaso se lo ocultaron de manera deliberada? A Lydia no le gustaba pensarlo así, y, sin embargo, era la conclusión más lógica.

Y la verdad, por desgracia, poco solía tener que ver con lo que a ella le gustara o dejara de gustarle. En este tipo de asuntos la verdad era siempre una.

Y siempre era implacable.

Lydia decidió regresar a Savannah, intentar reconciliarse con los Douglass y retomar su conflictiva comunicación con Stanley.

Aunque, para jugar esta segunda partida, se llevaría un par de ases bajo la manga.

Antes de tocar la puerta respiró y exhaló dos veces, profundamente, y se preparó mentalmente para la catarata de insultos y gritos que acaso estaba a punto de caerle.

La gente de Savannah abre la puerta sin preguntar antes quién es, con una confianza en la especie humana difícil de hallar en otras zonas. Por eso Charles Douglass no se dio a sí mismo la oportunidad de eludir el encuentro con Lydia, y cuando fue capaz de rechazarla con un semblante de desprecio ya la tenía enfrente.

—Por favor, Charles —dijo Lydia, mostrando las palmas de las manos en una señal conciliatoria—, usted sabe bien que a veces debemos provocar la reacción de un paciente con métodos que en absoluto disfrutamos.

Lydia apelaba a la vanidad profesional de Charles, situándolo en la posición de colega.

—Aun si Vivian y yo aceptáramos que usted volviese a hablar con él, Stanley no querrá verla, señorita Chen.

Charles estaba, desde ya, mucho más calmado que durante su último encuentro. De todos modos, parecía un hombre bastante más racional que su mujer, con una menor tendencia a los arrebatos. Lydia se dijo que, incluso si superaba este primer escollo llamado Charles Douglass, no le resultaría tan fácil convencer a Vivian.

Y detrás del muro indignado que formaban ellos dos, el máximo de los obstáculos: el bloqueo mental que mostraba padecer el propio Stanley.

Antes de que ella replicara las palabras anteriores, Charles Douglass habló de nuevo:

—¿Puedo preguntarle qué lleva en ese paquete?

Lo que Charles llamó «paquete» era en realidad una funda negra en la que Lydia cargaba un pequeño teclado Yamaha. Se tomó la molestia de pedírselo prestado a la madre de un antiguo paciente, con la que todavía seguía en contacto y tenía una excelente relación. Aquella mujer vivía cerca de la zona y gran parte del tratamiento de su hija pequeña se había sustentado en la música. Cada paciente, por lo general, se sentía más cómodo con una forma específica de comunicación. El testimonio de Michael Strutt le sugirió a Lydia una nueva puerta, o más bien un posible resquicio, por la que intentar llegar a Stanley: su pasión por el piano.

Lydia decidió ser del todo franca con los Douglass: de otro modo no volverían a confiar en ella.

—Es un teclado. Mirándolo con ojos muy amables, podríamos decir que equivale a un piano.

Dejó que la frase cayera sola, sin añadir ninguna aclaración o comentario. Quería observar el semblante de Charles:

comprobar si sus ojos apuntaban hacia arriba, indicando una evocación de aquel pasado en que su hijo tocaba ese instrumento; o si sus labios se contraían y se pasaba la lengua por la boca, denotando la ansiedad del que se siente invadido ante alguien que ha averiguado uno de sus secretos. A Lydia, en efecto, no dejaba de resultarle sospechoso que jamás le mencionaran esa afición de Stanley.

El rostro de Charles ejecutó todos esos gestos que Lydia había imaginado. Todos a la vez. Y también fue significativo que, por una parte, él cediera a la insistencia de ella y, por otra parte, cambiara de tema, omitiese toda mención al piano.

—Señorita Chen, si consigue convencer a Vivian, la dejaré seguir con su tratamiento. Sin embargo, debe asegurarme que no provocará a mi hijo del modo en que lo hizo antes, fuera cual fuera.

Quizá, se dijo Lydia, sus dos conductas significativas habían sido una consecuencia de la otra. Vale decir, el señor Douglass descargó la responsabilidad en su mujer al advertir que en la mención del piano por parte de Lydia había una implícita acusación. Era como haberle dicho «Sé que su mujer y usted me han mentido, Charles, o al menos me han ocultado la verdad. Sé que evitaron contarme de la pasión musical de Stanley, y quiero averiguar los motivos».

Esa hipótesis se hizo más fuerte en la cabeza de Lydia cuando Charles la invitó a pasar. Él caminó hacia la habitación en donde reposaba Vivian. Lydia alcanzó a oír las primeras y airadas quejas de la mujer, pero muy pronto se interrumpieron. Vivian Douglass no parecía de esas mujeres a las que se las convence con facilidad para cambiar de opinión: muy probablemente su marido acabara de contarle lo del piano y Vivian también había experimentado un acceso de… ¿Temor? ¿Culpa? ¿Las dos cosas a la vez?

Era una especie de tácita negociación: si dejaban que

Lydia intentase comunicarse con Stanley utilizando el piano como herramienta, ella no indagaría por su cuenta respecto a los motivos que habrían llevado a los Douglass a reservarse una información tan valiosa.

Lydia oyó el crujir de la cama: Vivian se estaba poniendo de pie.

En efecto, la vio salir, escoltada por su marido. Caminaban con lentitud casi amenazante. Se acercaba, mirando los ojos de Lydia, con expresión seria pero no al punto de la hostilidad. Después se fijó en el estuche negro que llevaba en la mano.

—Estoy dispuesta a darle una segunda oportunidad, señorita Chen. —La voz era firme, casi altanera—. Pero esta vez quiero que mi marido y yo estemos presentes mientras usted habla con Stanley.

Lydia se esperaba algo así. Aceptó.

—¿Qué es eso? —preguntó Vivian señalando el piano. Lydia advirtió lo sobreactuado de su falsa curiosidad: ahora estaba segura de que ella ya sabía la respuesta, su marido acababa de dársela en la habitación.

—Un teclado —dijo Lydia, imperturbable. Y se atrevió a añadir—: un teclado igual al del piano que a Stanley le gustaba tocar de chico.

El ojo entrenado de Lydia Chen percibió el ligero temblor en el labio de Vivian, ese inconsciente conato de amargura que delataba su desdén y, quizá, hasta cierta rabia contenida.

De todos modos, Lydia trató de no ir tan lejos en esas consideraciones. Los Douglass habrían sufrido tanto como Stanley, tal vez más. Era natural que se mostraran hipersensibles respecto a su hijo. Si los chicos autistas ya solían ser sobreprotegidos, ¿qué tanto lo sería uno que, además, ha vuelto después de haber estado desaparecido durante una década?

—No recuerdo que a Stanley le gustara tanto el piano —

dijo Vivian, brindando otra mala actuación—. ¿Tú recuerdas eso, Charles?

Charles negó con la cabeza, aunque sin moverla demasiado. Fue más bien un movimiento dubitativo que a Vivian la conformó muy rápidamente:

—No creo que eso le sea muy útil, señorita Chen.

—Con todo respeto, Vivian, me gustaría intentarlo.

Con visible mala gana, Vivian asintió.

Caminaron los tres hacia la habitación de Stanley. Fue su madre quien tocó la puerta:

—Stan, querido, entraremos con tu padre junto con la señorita Chen. ¿Te acuerdas de esa mujer que venía a hablar contigo? Te prometemos que esta vez no haremos nada que te altere.

Vivian miró a Lydia con un gesto que casi imploraba complicidad. Lydia aceptó tragarse lo mal que le había caído ese modo de anunciarla ante su paciente.

Stanley no contestó. Vivian entreabrió la puerta para, según dijo, comprobar que él estaba en condiciones de recibir a alguien.

—Ahí estás, querido —dijo Vivian—. ¿Por qué no contestabas?

Silencio.

Vivian abrió la puerta de par en par. Tuvo la delicadeza, acaso compensatoria, de permitir que Lydia entrara primero.

—Hola, Stanley —dijo ella.

Sentado en la cama, como al parecer era su costumbre, Stanley no le respondió, miraba en dirección opuesta a ella. A esas alturas, a Lydia le hubiese sorprendido que él adoptara una actitud diferente.

—Sé que no terminamos bien la última vez —siguió diciendo—, hoy vine a hacer las paces contigo y a traerte algo que creo te va a gustar.

Más silencio.

—¿Me darás una pequeña oportunidad, Stanley?

Stanley giró la cabeza y se dignó a mirarla. Miró también el estuche negro.

Lydia se acercó, con pasos lentos y cautelosos, hacia donde estaba sentado él. Pidiendo permiso, y obteniéndolo, se sentó sobre la cama, a su lado.

Abrió el cierre del estuche y le mostró el teclado a Stanley.

—Esto creo que te gustará —dijo—. ¿No te trae recuerdos?

Stanley juntó las manos y miró hacia el piso.

—¿De verdad no te produce ninguna emoción este teclado, Stan? —insistió Lydia. Él, sin dejar de mirar al piso, negaba con la cabeza.

—Toca una canción para nosotros, Stanley —se atrevió a decir el señor Douglass. Lydia lo miró con un gesto de asentimiento, agradeciendo su actitud. Vivian, en cambio, parada al lado de él contra el vano de la puerta, lo miró con un gesto diferente. Ella acababa de fruncir el ceño. Lydia se preguntó si se trataba de una señal de reproche, como si considerara que su esposo estaba colaborando con el enemigo.

—Dale el gusto a tu padre —le pidió Lydia, acercándole más el teclado a su reacio paciente—. No hace falta que nos deleites con una canción entera, toca al menos un par de notas.

—No —respondió Stanley. Su mirada permanecía apuntando hacia abajo, como si buscara allí una portezuela secreta, una salida oculta que lo librara de una situación embarazosa.

—Ya le dije —intervino Vivian—: el piano le gustaba, pero no era una de sus pasiones principales.

—Está bien —dijo Lydia, apartando el teclado. Quería continuar con su estrategia conciliadora y no provocar a los

Douglass, en especial a Vivian. Si Stanley no quería tocar el teclado, que no lo tocara.

—¿Qué me dices del fútbol? —volvió a decir Lydia mientras introducía el teclado de nuevo en la funda—. ¿Recuerdas al equipo de la Universidad Estatal de Florida?

Stanley se quedó quieto.

—Me contaron que tú seguías sus partidos y estabas al tanto de todos los resultados, ¿no es así?

—Cuéntale, Stan —dijo el señor Douglass—. Tú te sabías cómo había terminado cada partido, y quién había sido la figura y el máximo anotador.

Con el rabillo del ojo, Lydia advirtió que Vivian Douglass se pasaba la mano por la cara en un clásico gesto de ansiedad.

—Háblanos, Stanley —dijo Lydia—. ¿No recuerdas el resultado de algunos partidos del equipo en la época en que tú estudiabas en Florida?

Stanley negó con la cabeza.

—¿Y hoy en día no sabes cómo les va? Puedes consultarlo por Internet, tú siempre fuiste capaz de manejar muy bien las computadoras.

Stanley volvió a negar con la cabeza.

—Qué raro… —musitó Charles Douglass, acariciándose el mentón con los dedos índice y pulgar.

—No puede pretender que Stanley recuerde esas cosas tan antiguas después de todo lo que habrá pasado —dijo Vivian.

Lydia podría haber replicado que, si la señora Douglass hubiera averiguado algo sobre el autismo durante el gran período que pasó criando a Stanley, debería saber lo indelebles que resultan para los autistas ciertos recuerdos. Pero prefirió quedarse callada.

Se puso de pie.

—Creo que he terminado por hoy —le dijo a los Douglass, que seguían custodiando el vano de la puerta como dos agotados militares pasados de edad—. Si ustedes están de acuerdo en retomar el tratamiento, volveré. Insistiré hasta descubrir la llave que me abra la memoria de Stanley. Han visto que no lo provoqué, he sido más que suave.

A regañadientes, Vivian asintió. Aunque fue un asentimiento ambiguo: Lydia no sabía si aceptaba seguir con el tratamiento o solo aceptaba que esta vez ella había tratado con suavidad a Stanley.

Tampoco quiso preguntar eso. Bastante avanzó en su relación con los Douglass desde el último y áspero encuentro, y no deseaba abusar de la fortuna.

Charles Douglass acompañó a Lydia hasta la puerta.

Antes de salir, ella le dijo:

—Disculpe, Charles, pero noté que a usted también le sorprendió que Stanley no recordara ni una estadística de su equipo. Usted es un profesional, y sabe bien cómo debería funcionar su memoria.

—Supongo que el trauma que vivió, fuera cual fuera, resultó demasiado grande. Quizá recuerda, pero se niega a exteriorizar…

Lydia vaciló. Pensó que, si antes confrontar la opinión de Vivian Douglass había resultado peligroso, esto lo sería mucho más. Sin embargo, se sentía mucho más segura al compartir sus inquietudes con el marido, así que se decidió a expresarlas con el mayor tacto posible:

—Discúlpeme otra vez, Charles, debo preguntarle algo que quizá pueda resultarle ofensivo o desagradable, y sepa que lo que menos quiero es volver a confrontar con ustedes.

—Dígame.

—Usted… ¿Usted *reconoce* a Stanley?

Charles Douglass echó la cabeza y la espalda hacia atrás, instintivamente, como si le hubiesen lanzado un golpe. Y algo así, en realidad, habrían representado para él las palabras de Lydia.

—¿A qué se refiere?

A Charles le temblaba el labio inferior. Él sabía a qué se refería ella, y ella sabía que él sabía.

—Quiero decir, si es usted capaz de identificar al cien por ciento a *este* Stanley con *aquel* de hace diez años.

El señor Douglass se quedó petrificado. Con veloces reflejos, Lydia puso paños fríos al incendio que ella misma acababa de provocar:

—No me conteste, no es necesario. Al menos, no debe hacerlo ahora. Solo le pido, con la mayor modestia y el mayor de los respetos, que lo medite.

—Adiós, señorita Chen.

Lydia devolvió el saludo y salió de la casa.

Estaba cada vez más convencida de que este no era un asunto que requiriera solo a un profesional de la salud, sino que otro tipo de profesionales deberían involucrarse.

O, en este caso, *volver* a involucrarse.

Subió al Focus y comprobó la hora en su teléfono. La sesión fue corta y todavía no se había hecho muy tarde.

Con un poco de suerte encontraría al detective Wilson en la comisaría de Savannah.

El oficial que custodiaba la entrada a la comisaría se acordaba de Lydia y la saludó con amabilidad. Le dijo que el detective Wilson se encontraba en ese momento en la escena de un crimen, pero que debería volver pronto. Le ofreció a que espere dentro de la comisaría, aunque quizá —agregó con una sonrisa cómplice— le resultara más agradable tomar un café en el bar de enfrente.

—Sí, creo que elegiré la segunda opción —dijo Lydia, sonriendo también.

Indiferente, ella ya revisaba las redes sociales en su celular y revolvía el aire con la cuchara, metiéndola dentro de la taza con restos de café, cuando recibió un mensaje.

«Ya estoy en la comisaría», le avisaba David Wilson.

Lydia pagó la cuenta y cruzó la calle.

El mismo oficial de antes la invitó a pasar.

Lydia tocó a la sencilla puerta de la oficina del detective. El acto le provocó una nostalgia absurda, como si hubiesen pasados años desde la última vez que estuvo allí.

La sonriente presencia de David Wilson acrecentó aquella

sensación inexplicable. Muy diferente al ambiguo gesto de las primeras reuniones.

—Esto sí es una sorpresa —le dijo, y la invitó a pasar haciéndose a un lado.

Ella entró y se sentó en el escritorio de siempre. Otro pensamiento ridículo: el de que algo había cambiado en la oficina durante el breve tiempo en que Lydia no la visitó.

—¿Quieres tomar algo? —dijo David.

—Acabo de tomarme un café y debí arreglármelas para que durara mucho.

David sonrió. Lydia fue al grano. Le explicó que las anomalías de Stanley se habían incrementado, dándole los detalles sobre el piano y los equipos de fútbol, y que ella había llegado al punto de dudar respecto a su identidad.

—Yo no sé ni un uno por ciento de lo que tú sabes sobre autismo o sobre el funcionamiento de la mente en general —dijo el detective—, pero me parece una locura lo que me estás sugiriendo.

—Más demencial, créeme, es imaginarse a un joven autista con la conducta de este que yo estuve visitando, o considerar que Stanley pudo haber cambiado de una manera tan radical.

El detective hizo una pausa y se llevó una mano al mentón.

—Y ante este panorama, ¿yo qué puedo hacer por ti?

Lydia se echó hacia atrás en la silla.

—Simple: reabrir el caso.

David Wilson lanzó una risa, que traía aparejada una evidente negación.

—Ahora sí que entramos en el terreno de lo demencial. ¿Piensas que es tan fácil, que volverán a abrir el caso solo porque yo lo pido? ¿Y todo basado en la intuición de una científica? Porque, por más experta que seas, no puedes negarme que esto es pura intuición.

—No lo es. Y aunque lo fuera, si no recuerdo mal, nosotros hemos tenido una charla respecto a la intuición…

Touché, parecían decir los ojos del detective, que miraban directo hacia los de Lydia.

—Sí, y yo te dije que la valoro tanto como tú. Sin embargo, no es el caso de algunos de mis pares y mis superiores, y no podré reabrir un caso basándome en corazonadas, y mucho menos sería capaz de convencer a un juez si se diera el caso de arrojar algún cargo sobre alguien.

—No nos precipitemos. Solo te pido que lo intentes: cada vez me convenzo en mayor medida de que, para resolver este asunto, resultarán más necesarias las habilidades de un detective que las de una terapeuta.

David Wilson no dijo nada, solo torció la boca: signo inequívoco, pensó Lydia, de que estaba a punto de ceder. Faltaba quizá un último golpe: uno aplicado en el lugar justo, el más sensible de todos, y el que haría morder la lona a su resistencia.

—Además, sé que el caso tiene un significado especial para ti. ¿De verdad no quieres darte la oportunidad de resolverlo y, al mismo tiempo, saldar una cuenta pendiente contigo mismo?

Cuando el detective insufló seriedad a su semblante y la señaló con el dedo índice, Lydia se dio cuenta de que se había excedido un poco con su verborragia.

—No juegues a la psicoanalista conmigo, Lydia. No trates de manipularme.

—Quiero convencerte, y por ende trataré de manipularte. —Lydia le clavó la mirada a su interlocutor—. Aun con toda la mala prensa que tiene, la manipulación es un comportamiento tan natural como inevitable y compulsivo en los seres humanos. Lo único que deberías considerar es si lo que te digo es cierto o no. Mis intenciones y mi objetivo están claros, así que no debes romperte la cabeza pensando en ello: quiero reabrir el caso, quiero que me ayudes a descubrir qué hay detrás de todo esto. —Hizo una pausa y rectificó—: *necesito* tu ayuda, David.

El detective bajó la mirada y entrelazó los dedos.

—Lo pensaré —contestó.

—Con eso me basta —dijo Lydia.

Se levantó de la silla, estrechó la mano del detective y caminó hacia la puerta.

—Lydia —le dijo Wilson antes de que ella alcanzara a salir.

Lydia se volteó hacia él. El detective volvió a hablar:

—Que conste que no te prometí nada, salvo exactamente lo que te prometí: lo pensaré, nada más. Esto no es una respuesta afirmativa.

Lydia sonrió, sus rasgados ojos brillaban, acompañaban esa mezcla de desafío y complicidad expresada en el rostro completo:

—Si me dices que no, David, simplemente deberé insistirte.

Sin dar cabida a réplica alguna, Lydia siguió su camino hacia la puerta. La atravesó y dejó atrás la oficina del detective David Wilson.

YA HABÍA ANOCHECIDOy Lydia revisaba los archivos del caso en su apartamento. Incluso dejó los platos sucios de la cena en el lavabo, transgresión a la que sucumbía solo cuando un asunto la absorbía con una potencia imposible de resistir.

Oyó que golpeaban a la puerta. Muy raro: se preguntó quién podría ser a esa hora.

Se incorporó y se acercó.

—¿Quién es?

—¿Señorita Chen? Soy Charles Douglass.

Lydia observó por la diminuta mirilla de la puerta, como si la respuesta no hubiese sido suficiente para creérselo. ¿Qué hacía el señor Douglass visitándola?

—Disculpe que venga aquí a estas horas —siguió diciendo él, previendo las preguntas mentales de ella—. No le quitaré mucho tiempo: quiero hablar con usted.

—No se preocupe, no debe disculparse. —Lydia volteó y miró hacia la mesa—. En un segundo estaré con usted, espéreme por favor.

Lydia fue hacia la mesa, tomó los archivos y los guardó en

un cajón. No le gustaría que Charles Douglass se topara con ellos y la tache de una loca obsesionada, incluso si hubiera tenido razón en albergar esa sospecha.

Lydia estaba con ropa de andar por casa, así que se puso la ropa que usó en la tarde. Se miró en el espejo de cuerpo entero de su habitación, un segundo, para asegurarse de que se hallaba más o menos presentable.

Al fin le abrió la puerta a su visitante.

—Disculpe, tuve que ponerme en condiciones —le dijo.

—Discúlpeme usted a mí, Lydia.

Él la había vuelto a llamar por su nombre, igual que al principio.

—Siéntese, Charles. Discúlpeme por el desorden.

—No se preocupe, esto está más ordenado de lo que suele estar mi casa.

Con lentitud y un «inocente desenfado» típicos del Sur, Charles Douglass se acercó caminando a la mesa y aplicó una evidente panorámica ocular al apartamento de Lydia. Él sabría muy bien que *entendiendo* la vivienda de una persona se podía entender a la persona misma.

Lydia le ofreció algo de tomar y Charles se negó. Fue al grano, igual que ella en la tarde al conversar con el detective Wilson:

—Lydia, quería pedirle que abandonara el caso de Stanley.

Apenas él lo dijo, ella se dio cuenta de que se lo esperaba.

—Creí que eso ya me lo habían pedido, y después habíamos quedado en otra cosa.

Charles asintió con la cabeza.

—Tiene usted razón. Sucede que esa vez se lo pedimos porque sus métodos mostraron incomodar, alterar a Stanley. Ahora he venido a pedírselo yo, sin consultarlo con Vivian, y por otros motivos.

Aquello sí era una sorpresa. Lydia le preguntó, como cualquiera hubiese hecho en su lugar, cuáles eran esos «otros motivos». Y, una vez más, intuía cuál sería la respuesta.

—Es justamente por mi mujer, por Vivian. Por eso vine solo.

—¿Es porque su mujer se ha decidido a detestarme? No necesita negarlo, no hace falta ser terapeuta ni poseer una mente prodigiosa para darse cuenta de eso.

Charles dejó escapar una sonrisa. Fue una sonrisa ligera y amarga.

—No es que la deteste, es que no desearía que usted ni nadie fuera a…

Lydia hizo silencio. Permitió que él buscara las palabras, acaso los eufemismos necesarios.

Pero el señor Douglass optó por tomar un desvío.

—Mire, Lydia, el regreso de Stanley nos ha insuflado una nueva dosis de vida a mí y a mi esposa. A veces las cosas no son ideales ni suceden de la manera en que uno querría, de hecho, casi siempre obtenemos una suerte de copia desteñida de lo que deseamos. Y Vivian y yo somos dos personas mayores ya. Bah, somos dos viejos. Mejor digámoslo así, que tampoco vamos a cambiar el hecho al definirlo con palabras más suaves. Me refiero a que usted, que es muy joven, ahora no lo entenderá, pero algún día se acordará de esto que le diré ahora: con los años uno aprende el arte del conformismo, se da cuenta de que la vida no es la gran cosa y de que no se debe exigir demasiado de ella. Con que nos conceda unos días, unas horas, unos minutos, un mísero segundo de dicha, tan largo como una exhalación o un suspiro, con eso ya uno puede considerarse afortunado. Y este regreso de Stanley representa una bendición inesperada, y no quisiera que se arruinase. Las cosas van bien, así como están.

Lydia no sabía si sorprenderse más por las crípticas —y

tétricas— insinuaciones del señor Douglass o por su insólito arranque de lirismo filosófico.

—Usted tiene razón, Charles —dijo al fin—, yo soy joven y quizá no entienda ciertas cosas que usted sí. Pero desde que me decidí por el camino de la ciencia mi compromiso siempre fue con la verdad. Y si me permite la confidencia, he optado por ese mismo camino respecto a mi vida personal: siempre preferí *saber*. Y no crea que desconozco las propiedades narcóticas de la ignorancia o los cantos de sirena del irracionalismo. Seré joven, pero he vivido las experiencias básicas y realmente determinantes de la vida, que no son más que dos o tres. El nacimiento, el descubrimiento del amor y de la mortalidad...

—La que no vivió es la última de todas, la que nos espera al final de cualquier camino que hayamos elegido tomar.

—Esa experiencia definitiva yo no la viví, Charles. Aunque estimo que usted tampoco.

El señor Douglass miró hacia el suelo y después volvió a mirarla. Aunque no parecía dispuesto a romper en llanto, los ojos le brillaban. La voz, por otra parte, emergió firme:

—No, yo tampoco viví esa experiencia, aunque usar el verbo «vivir» para referirse a ella resulte bastante paradójico. Y, sin embargo, yo estoy mucho más cerca de ella que usted. Yo entreveo el final del camino. Y hasta pude anticiparlo con mis sentidos, cuando mi mujer padeció, como sabe usted bien, los embates del cáncer. Y también de otras enfermedades asociadas. Los fluidos, los desechos, incluso la piel... Todo huele diferente en las personas enfermas. Es como si el hedor del *final* empezara a enseñorearse sobre ellos, los cubriese con su sombra como la enorme garra de un monstruo oscuro. Y aunque, en el caso de Vivian, la historia haya tenido un final feliz, esa sombra se ha quedado en nuestra casa y convive con nosotros. Es un residuo, un remanente, un recuerdo imborrable, un mensaje ininterrumpido que nos *avisa*, un mensaje del monstruo. ¿Y sabe lo que dice?

—¿Qué dice, Charles?

—Ese mensaje dice «*Volveré*».

Lydia cerró los párpados con respeto fúnebre.

Después dijo:

—Se nota que usted ha pensado mucho en ello. Ha pensado hasta en las metáforas más eficaces para describirlo.

—Es evidente que sí.

—Se expresa usted muy bien, Charles. Aunque yo no poseo dotes poéticas, intentaré estar a la altura y ser clara: no quiero perjudicar a su familia, de ningún modo. Sin embargo, sigo pensando que debemos averiguar la verdad. Porque quizá no sea la felicidad de su mujer, o la suya, la única que esté en juego.

El semblante del señor Douglass evidenció cierta sorpresa ante esas palabras, como si hubiesen sido las únicas no previstas en la idea que él se hizo de esa conversación antes de sostenerla.

—¿De verdad usted cree eso? —preguntó con una curiosidad que parecía genuina—. ¿Y a quién más le importa este asunto?

Lydia se acercó a Charles. Apoyó las manos en la mesa —intentando proyectar autoridad, aunque sin resultar *demasiado* agresiva— y lanzó el cuerpo hacia adelante.

—A Stanley —contestó—. A su hijo le importa.

La boca del señor Douglass pareció sellarse con pegamento. Sus labios temblaron y en un balbuceo mudo se le murieron las posibles réplicas.

Al final no dijo nada.

Se incorporó.

—Creo que la felicidad de mi hijo me compete a mí más que a usted. —Su voz era grave, en el borde de la amenaza.

Sin duda había abandonado ya toda pretensión retórica, junto con la colección de imágenes y metáforas que antes sonaron tan bien—. Espero que, a partir de aquí, elija el camino que usted quiera, con tal de que la lleve a sus propios asuntos y no a los ajenos.

Lydia sonrió. Después de todo, se dijo, le quedaba otra expresión metafórica en la maleta.

Sin embargo, ella comprendía al señor Douglass.

—Intentaré que esto se solucione de la mejor manera para todos —le dijo en un tono mucho más amable.

—Yo le pido que no intente nada más. Eso es lo único mejor para todos.

Lydia lo meditó unos instantes y dijo:

—Está bien, Charles. Esta vez dejaré la verdad de lado y privilegiaré su dicha.

—¿Nos dejará tranquilos?

Lydia asintió con la cabeza.

—Se lo agradezco, Lydia. Verá que es mucho mejor así: con Vivian hemos pasado por diversas dificultades y no hay razón para hacernos las cosas aún más difíciles.

Lydia acompañó al señor Douglass hasta la puerta y se despidió de él estrechándole la mano.

Cuando estuvo de nuevo a solas se quedó parada en el centro del apartamento, mordiéndose las uñas y apretando, sin intención, las mandíbulas.

Abrió el cajón en donde había guardado los archivos, los sacó de allí y los puso sobre la mesa.

Tomó su teléfono y escribió un mensaje:

«Mañana te visitaré de nuevo. Acabo de llevarme una interesante sorpresa».

Seleccionó el contacto correspondiente al detective Wilson y presionó el botón para enviar.

18

CUANDO LYDIA LLEGÓ a la comisaría era el detective Wilson quien, junto con uno de los oficiales que habitualmente cubrían los turnos de vigilancia, estaba de pie en la puerta.

—La verdad, hoy estoy harto del encierro —explicó él después de saludarla—. Si no te molesta, preferiría que conversáramos en la cafetería de enfrente o donde tú prefieras.

Lydia dijo que la cafetería le parecería bien, así que cruzaron la calle y se dirigieron allí.

Ya sentados, y habiendo realizado el pedido —café negro para él, un café con leche para ella—, el detective le preguntó a por esa interesante sorpresa a la que se había referido en el mensaje de texto del día anterior.

—Ahora que lo pienso, quizá no fue tanta sorpresa —dijo Lydia, que dejó enfriar su café y lo revolvía de puro gusto, o acaso como si el movimiento circular de la cuchara les diese cuerda a sus pensamientos—. Al menos, no lo fue para mí: me imaginaba que algo así iba a pasar.

—No le pongas suspenso, por favor, y cuéntame de qué se trata.

Lydia le narró la visita de Charles Douglass y, con la mayor fidelidad y detalle posibles, parafraseó todo lo que le dijo. David la escuchó con atención, sin interrumpirla ni una sola vez ni desviar la mirada de su rostro.

—Es verdad que resulta interesante —dictaminó una vez que ella finalizó el relato.

—El señor Douglass no me maldijo, aunque debo admitir que poco le faltó. Pero cuando se entere de que le mentí, y que sigo interesada en la verdad más que en sus sentimientos, me considerará una enviada del demonio.

—Lo que le dijiste estuvo bien. Yo hubiese respondido algo similar, aunque seguro lo hubiese expresado con menos clase que tú.

—Supongo que es un elogio, así que te lo agradezco.

Llevándose la taza a la boca, el detective asintió. En un gesto mimético, involuntario, Lydia también tomó su taza. Hubo un silencio breve mientras cada uno bebía de su café, con prudencia, para no quemarse. La cafetería se hallaba bastante poblada, pero la mayoría de la gente era adulta y hablaba poco. Había varias personas ocupando una mesa en soledad, leyendo el periódico o clavando los ojos en la televisión, aunque Lydia hubiese apostado que sus pensamientos se encontraban en otra parte, por completo ajena al programa transmitido.

—Pondré todo mi empeño en reabrir la investigación —dijo David—. Es evidente que, como suele decirse, aquí hay gato encerrado.

—Te doy de nuevo las gracias entonces. Sin embargo, hay otra cosa que estuve pensando en hacer y también necesito para eso de tu colaboración.

—¿Algo más que poner el caso en marcha de nuevo? Tú sí que no te conformas con nada…

Lydia sonrió.

—No te preocupes, yo me encargaré de organizarlo todo. Solo quiero que me acompañes a enfrentar a los Douglass, y a ponerlos en evidencia. Será el único modo de enterarnos de lo que no nos están diciendo. Y con un policía machote a mi lado, creo que seré más persuasiva.

Ahora fue David quien sonrió.

—Te aviso que no le romperé las piernas al señor Douglass —dijo siguiendo con el tono lúdico—. Aquí no empleamos la violencia, al menos no con personas de la tercera edad.

—Bastará con tu mera presencia, David.

—Bueno, Lydia, al menos me gustaría saber cuál es tu brillante plan.

—No es nada brillante, ni siquiera sé si merece llamarse plan. Todo se reduce a un… —Lydia adoptó un deliberado aire misterioso—. Digamos que a una suerte de amigo que hice en estos últimos días. Se mostró bastante dispuesto cuando conversé con él, y si accede a acompañarnos en nuestra reunión con los Douglass y reacciona ante Stanley como yo creo que reaccionará, nuestras sospechas serán mucho más verosímiles y difíciles de desechar.

El detective terminó su café.

—Supongo que deberé confiar en ti. —Se limpió la boca con una servilleta y se puso de pie—. Debo volver al trabajo de rutina.

David se metió la mano al bolsillo, pero Lydia se le anticipó y dejó dinero sobre la mesa.

—Yo invito. Ve a trabajar, no quiero robarte más tiempo.

—Estamos en contacto.

El detective salió de la cafetería y Lydia terminó de vaciar su taza. Llamó al camarero para pagarle y pensó en el viaje que le esperaba. También pensó en Stanley como si él mismo fuese el final de un viaje: una epopeya larga y sinuosa, y que se extendía a través de las rutas, los desvíos, las grietas oscuras y las inquietantes encrucijadas del cerebro de su extraño paciente. Un viaje hacia lo que Lydia Chen, si en lugar de científica fuese poeta, llamaría el *corazón* del ser humano.

19

Al día siguiente todo estaba listo. El detective Wilson quedó sorprendido con la eficacia de Lydia. Y también de su voluntad para recorrer en auto, una y otra vez, considerables kilómetros de asfalto, y de convencer a las personas —él mismo incluido— para que hicieran lo que ella deseaba.

Fue el detective quien golpeó la puerta y se anunció, sin mencionar la inesperada compañía que traía con él.

Lydia se sentía bastante mal por haberle prometido a Charles Douglass que actuaría de un modo diametralmente opuesto al que estaba actuando. Pero, una vez más, se dijo que a la verdad había que situarla por encima de las consideraciones personales.

Por fortuna los Douglass se encontraban en casa. Daba la impresión de que salían muy poco. Y también daba la impresión de que, en esa familia, a nadie más que a Charles le correspondía abrir la puerta.

—Buenas tardes detec… —empezó a decir hasta que se quedó mudo. Clavó en Lydia una mirada indescriptible, en la que se mezclaban la sorpresa y el odio.

Y ella agachó por un instante la cabeza, como pidiendo unas disculpas que de antemano sabía insuficientes.

Cuando el paralizado señor Douglass consiguió apartar la mirada de ella, la fijó en ese joven extraño para él.

—Ya conoce a Lydia Chen —dijo David—. Y este es Michael Strutt, un antiguo compañero de estudios de Stanley. No sé si usted lo conoce…

—Hola, señor Douglass —se presentó Michael, extendiéndole la mano con natural desenvoltura—. Yo lo conozco apenas por fotos que me mostró Stanley —explicó mirando al detective Wilson—, él quizá no me haya visto nunca.

—No lo recuerdo en este momento, joven. —Daba la impresión de que Charles podía expulsar su voz recién en ese momento—. Quizá Stanley me haya hablado de usted, pero entenderá que mi memoria no se vuelve mejor con los años.

Lydia juzgó que él recuperaba su aplomo, minuto a minuto. Había resultado ser un hombre mucho más listo y con un carácter más gélido de lo que cualquiera hubiese juzgado a primera vista.

—¿Podemos pasar? —preguntó Lydia.

Más allá de haberse recuperado de la sorpresa, en el tenso rostro del señor Douglass latía un desprecio contenido que la voz de Lydia acababa de reactivar.

—Sí, desde luego. Esperen un segundo, veré que mi mujer se encuentre en condiciones de recibir visitas.

Lydia sospechaba que las condiciones a las que Charles aludió no se referían a que Vivian estuviese vestida correctamente ni a nada de eso: él quería prepararla, evitar que su mujer pasara por el sorpresivo impacto que él acababa de padecer.

El detective Wilson, Lydia y Michael esperaron un par de minutos, hasta que oyeron el ruido de la llave girando y vieron la puerta abrirse.

—Pasen, por favor —dijo el señor Douglass.

Vivian ya se encontraba en el comedor. Saludó con irreprochable educación a los tres y los invitó a sentarse. Tras una charla breve, incómoda y trivial, David fue al grano:

—Quisiéramos que Michael entrara a la habitación de Stanley, creemos que el contacto con uno de sus viejos compañeros puede serle de ayuda. ¿Están de acuerdo?

No hubo gestos de rechazo por parte de los Douglass: sin duda se esperaban aquella propuesta.

—Iré a fijarme si Stan se encuentra bien dispuesto —dijo Vivian levantándose trabajosamente del sillón.

La espera resultó ser incluso más incómoda, si cabía, que la charla anterior. Transcurrió en un letargo de silencio que acaso llevó a los participantes a percibirla más larga de lo que en realidad fue. Lydia pensó que Charles Douglass se sentiría acosado por ella, el detective y el antiguo compañero de su hijo.

Tan incómoda resultaba la situación que incluso la elevada voz de Vivian Douglass, irrumpiendo desde la habitación de Stanley, significó un alivio:

—Pueden pasar cuando quieran.

Lydia pensó que, al menos, no se inventaron una inexistente siesta de Stanley o alguna excusa cualquiera para impedirles pasar.

Todos caminaron hacia la habitación. Lydia, David y Michael se adelantaron.

—Entra tú, Michael —dijo ella—. Nosotros nos quedaremos aquí.

La puerta estaba abierta. Lydia y el detective se quedaron del lado de afuera, aunque podrían contemplar con claridad la reunión.

—Hola, Stan —dijo el jovial Strutt, quien seguro tendría

tantos defectos como cualquier persona, pero entre ellos no se contaba la timidez.

Stanley, sentado como de costumbre en la cama, apenas alzó los ojos hacia el visitante que lo miraba de pie.

—¿Quién eres? —preguntó.

Al menos, pensó Lydia, el recibimiento había resultado algo menos frío que cuando ella entró por primera vez a esa casa.

—¿No me recuerdas? —El rostro de Michael denotaba un evidente extrañamiento. Y ella intuía que aquello no se debía solo a la «amnesia» de su antiguo compañero de estudios—. Pasamos casi un año juntos en la Universidad Estatal de Florida.

—Ah —balbuceó Stanley. Parecía tratarse de un reconocimiento bastante desganado, por no decir indiferente—. ¿Cómo te llamas?

—Soy Michael. Michael Strutt. ¿Recuerdas ese mes que nos la pasamos estudiando para el examen del señor Carver y nos sacamos un nueve cada uno?

—Ah.

—O cuando íbamos a ver al equipo y tú me recordabas las estadísticas de los partidos anteriores. ¿Recuerdas cuántos partidos ganaron aquel año?

Stanley negó con la cabeza y miró hacia abajo. Empezaba a incomodarse.

Michael miró a Lydia y a David, negando con la cabeza.

—Joven, debe comprender que Stan ha pasado por cosas difíciles —intervino Vivian con un ligero estremecimiento en la voz que no escapó al oído de Lydia—. No es el mismo de antes, aunque con el tiempo lo será.

—Menos mal que lo dijo usted primero. —Michael mostraba un desenfado natural, sin absoluta mala intención —. Este *no es* Stanley.

Vivian resopló, otro gesto de furia contenida.

—Como le acabo de explicar, joven, él pasó…

—No estoy hablando en sentido figurado —interrumpió Michael en un tono más serio que antes—. No sé quién es este hombre, pero no tiene nada que ver con Stanley.

Lydia intercambió una rápida y contundente mirada con el detective Wilson. Después miró de reojo al señor Douglass, que se mantenía algo apartado, más o menos un metro por detrás del grupo. Charles se llevaba una mano a la mandíbula, insinuando el gesto de taparse la boca.

—¿Qué dice usted, joven? —La forzada sonrisa de Vivian le temblaba en los labios, y a Lydia le sonaba en la cabeza el *tictac* de una bomba a punto de explotar. La voz de la mujer temblaba más que nunca, como un lago que comienza a deformarse en ondas cuando le arrojan una piedra—. Este es mi Stanley. ¿O piensa explicarme a mí quién es mi hijo? —Ahora el tono de voz se tornó más intenso, agresivo—. ¿Usted insinúa que en menos de un año llegó a conocerlo mejor que yo que lo crie desde chico, que le cambié los pañales y le limpié… ya sabe qué cosa?

—No, señora. —Michael acababa de advertir las consecuencias de su naturalidad al expresarse, y que la sinceridad a menudo era un arma cargada—. No fue mi intención ofenderla, solo digo que este Stanley no se asemeja en nada al que yo conocí.

Vivian retrocedió, como un gato acorralado, y caminando hacia atrás se abrió paso entre Lydia y el detective.

—Quiero que se vayan todos de mi casa en este mismo momento —dijo.

Sin mostrar una exagerada convicción, su marido atinó a intervenir:

—Querida, por favor…

—Tú cállate, Charles. —Vivian lo miró a él—. ¿Ahora me

vas a pedir que permita esto, que deje que esta gente venga a invadir mi casa con sus locuras? Encima, yo no conozco a este chico que vino con ellos, no sé quién es. Se me ocurre sospechar que hasta le pagaron por acompañarlos hasta aquí y vociferar sus delirios como si nada.

El detective Wilson habló:

—Vivian, cálmese, se está comportando como una paranoica.

—Quiero que se vayan de aquí. —Vivian alternaba la mirada entre los tres que ella consideraba sus enemigos—. Usted, Wilson, quiere inventar un misterio donde no lo hay. Pero fue un inútil hace diez años cuando se perdió Stanley, y ahora…

—Vivian —dijo Charles.

—Te dije que te callaras. Usted, Wilson, ahora ya no solo es un inútil, sino que es perjudicial para nosotros. Y usted, Lydia Chen, fue nuestro peor error: ya no dudo de que tenían razón los de Emory y que su método es un fiasco. A usted no le interesa el bienestar de Stanley, su único objetivo desde que llegó a esta casa es rehabilitarse como profesional, probar que funciona lo que usted hace. —Vivian respiraba con dificultad, se ahogaba en los estertores de su furia—. Bueno, pues yo le tengo una noticia, señorita Chen: lo que usted hace no *funciona*.

Nadie dijo nada. Vivian aprovechó la pausa para respirar, y concluyó su catártico monólogo:

—Ustedes son dos fracasados que seguro le han dado unos dólares a este joven para que se preste a esta pantomima. Pero ustedes no me impedirán ser feliz. Son unos traidores, y Charles y yo nos portamos como idiotas cuando confiamos en ustedes. ¡Váyanse de aquí y no regresen nunca más!

Sin decir una palabra, los tres aludidos caminaron hasta la

puerta, acompañados por Charles Douglass. Sin romper el silencio, él les abrió la puerta y esperó a que la traspasaran.

—Cada vez estoy más convencido de que tienes razón, Lydia —dijo David.

—Esto no se terminó —contestó ella. Y después le pidió disculpas a Michael por haberlo forzado a pasar por este mal momento.

—No deben disculparse —dijo él sin perder el buen humor, aunque visiblemente preocupado—. Haré todo lo que esté a mi alcance para ayudar a Stanley. Pero ese, créanme, no es Stanley.

—Te creemos —dijo David.

Y la pregunta flotaba en el aire, sin que nadie se atreviera a recogerla y explicitarla:

Si en verdad no se trataba de Stanley: ¿quién era el que ocupaba su habitación en la casa de los Douglass?

Unos días después, durante un tiempo muerto en la comisaría y a poco de que terminara su jornada laboral, el detective Wilson revisaba por enésima vez los archivos del caso de Stanley Douglass.

Y nada. Al final se trataba de volver sobre lo mismo, de girar sobre una rueda con la inútil esperanza de desembocar en un lugar diferente al del inicio.

La situación en la que se hallaba hundido era quizá la más desesperante para un policía: poseer la cabal convicción de que alguien ocultaba algo y no ser capaz de descubrir qué.

Se enjugó la frente. A esas alturas, el detective Wilson ya no sabía si hacía calor en todas partes o solo en la comisaría, o si lo único acalorado era su cuerpo.

¿Por qué lo obsesionaba de tal manera —ahora y también en su momento, hacía diez años— esta investigación en particular? Cierto: él había fallado en encontrar a Stanley una década atrás. Pero ¿acaso no fallaban todos los policías? ¿Existía algún investigador con una carrera impoluta, plena de casos resueltos? Desde ya que no.

Y aunque la razón le dijera que no debía experimentar ninguna culpa dejando las cosas así, que Stanley había vuelto a aparecer y sus padres lo aceptaban, y que quizá Michael Strutt tenía mala memoria y Lydia padecía alguna clase de delirio persecutorio y alucinaba conspiraciones... Aun así, con tantos argumentos a favor de abandonar aquellos viejos trapos sucios y dedicarse a los crímenes de la actualidad, que abundaban y sobraban, Wilson prefería seguir girando en su rueda, seguir pasando las hojas y mirando fotos y leyendo nombres y metiéndose a buscarlos en Internet para encontrarse siempre con los mismos improductivos resultados.

Apartó de sí aquella carpeta engordada con infinitas hojas y se echó hacia atrás sobre la silla con el objetivo de alejarse también del monitor. Una vez más se enjugó la frente, y lanzó un suspiro con el que intentaba diluir el nudo en el pecho, la imposible mezcla de porfía y resignación que ya le dificultaba respirar.

Quizá, se dijo, se obsesionaba por el trabajo solo para eludir su vida personal. Para olvidarse de que dentro de unas horas anochecería y él —igual que todas las noches— estaría en su casa solo. Y se quedaría mirando algún deporte en la TV, después de una cena poco saludable calentada al microondas, y acaso tomando un vaso de vino o una cerveza. Y en escasos minutos dejaría caer los ojos frente al impávido murmullo de la TV, apenas vislumbrando la imagen borrosa de alguna película, o un partido de básquetbol o fútbol americano cuya repetición transmitieran en ese momento.

Y así, el ciclo volvería a empezar al día siguiente hasta que llegara el fin de semana. El viernes o sábado a David podía ocurrírsele salir, y hasta la suerte podía sonreírle y quizá se pasase alguna noche de esas en la cama con una atractiva y hospitalaria señorita. Otra forma, menos patética, de dejar que las cosas sucedan sin más, de no convertirse en un espectador de la propia vida.

Esa era, se dijo David, la verdadera rueda en la que se hallaba encerrado de un buen tiempo a esta parte.

Cierto que no le quedaban muchas ganas de soñar con una vida en compañía de una mujer. Tras una relación larga y fallida, que transcurrió sin papeles, y un divorcio legal —curiosamente, ninguna de las dos rupturas se había saldado con hijos de por medio—, David se sentía cansado y un poco más viejo de lo que el calendario decía que era.

Así llegó la noche de ese día, igual que llegaba la de todos los días, y David regresó a su casa.

Hacía tres años desde su divorcio, aun así, todavía no se acostumbraba del todo a comer en soledad. Durante el resto del día no le molestaba en absoluto la ausencia de otras personas. De hecho, cierta tendencia suya al aislamiento había sido uno de los tantos factores de disputa que derivaron en la ruptura con su ahora exmujer. Sin embargo, por motivos que él nunca alcanzó a desentrañar, a la hora de la comida la soledad volvía a pesarle como una capa de plomo. Con cada bocado que se llevaba a la boca sentía como si hubiese sido apenas ayer cuando su esposa le abandonó dando un portazo.

Claro que no le sucedía siempre. Se puso a reflexionar sobre aquel extraño síndrome, por llamarlo de algún modo, y descubrió que no lo aquejaba cuando elegía cenar un sándwich o alguna comida que no demandara el uso de cubiertos. Quizá porque esas comidas rápidas no exhalaban ese aire a «familia» de las comidas más elaboradas, como las que solía hacer su esposa. O acaso, por ridículo que sonase, se trataba del ruido de los cubiertos. Esos sonidos que resonaban en la casa con claridad absoluta evidenciaban el sepulcral mutismo de la cocina y de la casa entera. Venían a recordarle a él, en su lenguaje sutil de susurros metálicos, que estaba completamente solo.

La explicación seguía sonándole, valga la expresión, un poco tonta. Supuso que una psicóloga encontraría una mucha mejor. Y al oír la palabra «psicóloga» dentro de su propia cabeza la asoció, inevitablemente, con Lydia Chen.

David no dedicaba ni un segundo de esfuerzo en negar la atracción que ella le había provocado. En un primer momento se trató de una mera atracción física, en resumen, tan fugaz como la que experimentaba con decenas de mujeres de las que salen a la calle a diario. No obstante, con el paso de los días, las charlas, los encuentros en la comisaría y en el café, y especialmente en el restaurante, esa semilla inicial de deseo comenzó a mutar hacia otra cosa. Claro que de ningún modo David utilizaría, para referirse a ella, la palabra amor. Uno no siente una emoción así por una mujer a la que ni siquiera ha besado ni cuya piel ha acariciado. No a la edad de David.

Aunque a veces por las noches, cuando su cerebro conseguía desconectarse de la comisaría y los asuntos desagradables que cada día debía enfrentar, se perdía en la imaginación de aquella boca tan delicada, en el señuelo de esos ojos rasgados, en esas finas caderas asiáticas.

David acababa de devorarse un bistec, obviamente utilizando cubiertos. Pero esa noche no había oído los ruidos metálicos ni sus susurros de soledad. No lo había ensombrecido la melancolía ni había experimentado el silencio de su propia casa como si se tratara de un mustio castillo gótico.

Pensando en Lydia Chen se había sentido acompañado.

Esa misma noche, o más bien, en la madrugada, Lydia contemplaba el techo con los ojos bien abiertos. El insomnio había provocado que sus ojos se acostumbraran a la oscuridad, que la convirtieran en una mera penumbra.

Ojalá se acostumbrara a la oscuridad de la mente de Stanley Douglass, y lograse así penetrar en la oscuridad de su misterio.

Entre la maraña de pensamientos arbitrarios en que se convirtió su cabeza emergió el nombre de David Wilson. ¿Qué estaría haciendo en ese preciso instante el detective?

Lydia miró el teléfono. Dado que eran las dos de la mañana supuso que estaría durmiendo.

¿Dormiría solo? ¿En compañía? No usaba anillo. Su comportamiento con ella no era el de un hombre casado, ya que se suponía que al estar comprometido no debería invitar a una colega a cenar. Aunque con los hombres nunca se sabía.

¿Tendría el detective una amante? Era un hombre relativamente joven, atractivo. Un investigador desprende un aire de «macho alfa» que suele atraer a las mujeres. Seguro que él se acostaba con alguna mujer joven, más joven que ella.

Lydia se preguntó de dónde venían esos pensamientos. ¿Acaso le gustaba el detective? No podía negarse que lo extrañaba un poco. ¿Un poco o bastante? Quizá, se dijo, uno termina extrañando a cualquiera una vez que se acostumbra a verlo seguido y luego esa rutina se rompe.

Pero no: esa excusa resultaba muy deficiente.

Lydia pensó que no era lo suficientemente astuta como para engañarse a sí misma, ni lo suficientemente tonta como para creérselo.

Miró el teléfono, otra vez. Los minutos seguían pasando.

David dejó pasar unos días sin volver al caso de Stanley. Se dedicó a los quehaceres habituales de su trabajo, lo que le bastaba para entretenerse. No fue una abstención que no le demandara esfuerzo: debía vigilarse a sí mismo para no ceder a la casi mórbida tentación de, en sus ratos libres, revisar una y otra vez los archivos o ponerse a idear estrategias para abordar a los Douglass.

No se trataba solo de su salud mental, aunque ese ya resultaba un motivo muy válido para tomarse el caso con mayor calma: David consideraba que si se alejaba del asunto durante al menos dos semanas sería capaz de volver a leer el archivo con la mente más clara y lúcida.

Si bien él mismo no profesaba una excesiva fe ante ese plan, fruto más de la desesperación que del razonamiento, lo cierto es que funcionó.

David reparó en un nombre que pasó por alto en aquella ocasión, diez años atrás, y había vuelto a pasar por alto de nuevo, durante sus primeras relecturas del archivo.

Todavía sin grandes esperanzas, investigó acerca de ese nombre, utilizando los recursos habituales. Y descubrió algo muy curioso.

Mejor dicho: le resultó curioso *lo que no pudo descubrir*.

No había acertado un pleno, de ningún modo, pero quizá se ganó el derecho a jugar otra ficha en la ruleta.

Se dijo que, por la noche, llamaría a Lydia Chen. Y aunque se sentía un tonto adolescente al pensarlo, debió admitir que a la alegría de su humilde descubrimiento acababa de sumarse otra: la de saber que volvería a oír su voz, y acaso a contemplar sus ojos penetrantes.

Transcurrieron un par de semanas sin que Lydia supiese nada de los Douglass o de Stanley. Al detective Wilson lo había visto por última vez aquella tarde en que Stanley se encontró con Michael Strutt y la visita no derivó en el más feliz de los finales. David le prometió que seguiría investigando y que la llamaría si obtenía alguna información útil, algún otro hilo del que tirar para desenrollar el ovillo. Ella intentaba confiar en que él, un investigador profesional, lograría obtener algo. No obstante, a menudo decaían esas esperanzas.

Lydia no se llevaba bien con el ocio; además de que, por idealista y bello que se oyera su discurso sobre la pasión por la verdad y las ansias de ayudar a las personas con necesidades especiales, las buenas intenciones no le daban de comer. Por fortuna, durante las últimas semanas había conseguido trabajos a través de Internet: redacción y corrección de artículos académicos para terceros, y hasta el encargo de ensayos de cuño propio y que podrían resolverse mediante la mera consulta de libros. La paga no estaba nada mal, aunque ni por asomo se comparaba con el sueldo fijo del que había gozado, por ejemplo, en Emory. Los ahorros —incluyendo la considerable suma que obtuvo al vender la casa y comprar el apartamento— ya no eran dignos de ser llamados así, porque lejos de reservarse y acumularse se gastaban a diario, y por ahora solo le permitían llegar a fin de mes. Lástima que, por austero que fuese su ritmo de vida actual, ese dinero no le duraría para siempre.

Por eso, Lydia se obligaba a apartar la mente del enigma de Stanley Douglass y a apuntar su atención a donde debió tenerla desde hacía varios días: conseguir otro trabajo seguro y con una paga al menos decente.

Aquella tarde se dedicó a corregir una monografía que debía entregarle a un cliente al día siguiente. Serían cerca de las ocho cuando le dio la última lectura y guardó el archivo. Mañana en la mañana, antes de adjuntarla en el correo y enviarla al destinatario, le daría una lectura adicional. Los últimos tiempos le costaba confiar en su lucidez y temía haber pasado por alto errores groseros.

Justo cuando acababa de cerrar el procesador de texto, el teléfono sonó.

Era David Wilson.

—He conseguido algo —le dijo sin demasiados prolegómenos—. No es la gran cosa, pero es lo único que tenemos.

—¿De qué se trata?

—Un elemento que estuvo ausente en la investigación que realizamos diez años atrás. Vente mañana a la comisaría y te explicaré. Tampoco te emociones, no he descubierto la rueda, pero quizá…

—Pero tu intuición te dice que allí quizá pueda haber algo.

—Sí, eso intuyo.

—Bien, mañana… ¿Por la tarde está bien?

—Quizá prefieras pasar en la mañana. Yo no podré salir de aquí, pero es posible que tú decidas hacer uno de tus viajes una vez que oigas lo que tengo para decirte.

—Bien, pasaré mañana en la mañana.

Se despidieron y Lydia colgó.

Abrió de nuevo el archivo de la monografía y le dio una revisión rápida. Corrigió la ubicación de un par de comas y decidió dividir en dos un largo párrafo. Después se lo envió al cliente.

Mañana en la mañana no quería perder tiempo con ningún asunto que no fuera el misterio de Stanley Douglass.

Aunque se habían citado en la comisaría, Lydia y David decidieron cruzar de nuevo la calle y entrar en el café. Era más cómodo, ajeno a aquel aire sórdido y burocrático de la primera opción. También, Lydia estaba bien consciente de ello, resultaba más *personal*, por más que hablaran de trabajo.

Si es que la búsqueda de Stanley podía seguirse considerando así: ella ya no cobraría un centavo más de los Douglass —a lo sumo, ellos estarían dispuestos a pagarle para que se alejara, no para que interviniera—. Por otra parte, resultaba claro que el detective Wilson quería pagarse a sí mismo, además de al propio Stanley, una cuenta pendiente.

Otra vez, David pidió café negro, y ella un café con leche al que le echó apenas una pizca de edulcorante.

—Timothy Sands —dijo, sin que pareciera venir al caso, el detective.

—¿Quién?

—Ese es el nombre de mi «intuición». Timothy Sands es

el nombre de un amigo de Stanley que aparece mencionado en la investigación que llevamos adelante hace una década.

Lydia lo miró, desconcertada.

—¿Y qué hay con él?

—No hay nada, precisamente. He revisado los archivos, que además alimentaron mi poca confiable memoria. Da la impresión de que Timothy desapareció durante el mismo período en que desapareció Stanley.

—Deberás explicarte mejor.

El detective sorbió su taza, sin apuro, y Lydia sintió que se preparaba para un discurso extenso.

—En el momento de la desaparición de Stanley —empezó a decir—, no obtuvimos el testimonio de este tal Sands. Nos dijeron que estaba en un viaje de estudios…

—¿Quién se los dijo?

—Eso tampoco consta en los registros. Entiende que se trataba, o eso supusimos, de un detalle menor. Un amigo de la víctima, igual que tantos de los que estudiaban con él.

—¿Sands estudiaba con él?

—Tampoco lo sabemos. Apenas pudimos averiguar que eran amigos. Y, por supuesto, ahora yo mismo busqué información sobre él en todos los registros públicos. Sin embargo, no hallé nada. Y no me refiero a que no conozca su exacto paradero actual ni su precisa relación con Stanley, sino que el nombre y los datos de Timothy Sands *se detuvieron* a partir de la época en que desapareció Stanley: no hay trabajos actuales ni estado de cuentas, ni uso de tarjetas ni trámites en instituciones públicas. Y, desde ya, no hay información sobre su defunción, lo que hubiera aclarado todo.

—¿Buscaste en muchas fuentes?

—Nosotros, los policías, tenemos acceso a todos esos datos. Es un proceso de rutina, y como te imaginarás, nos ha servido para localizar a infinidad de testigos y sospechosos. Si alguien de repente deja de generar datos en la base, hay dos cosas que pudieron haber sucedido. La primera, la menos frecuente en un joven de clase media, es que el sujeto haya fallecido o desaparecido y, por algún tipo de error, no se haya expedido un certificado o la información no se haya cargado en la base. Y la otra alternativa, la más habitual…

—Es que alguien, con toda intención, se haya encargado de borrar todo rastro posterior a esa fecha.

—Lo adivinaste. —El detective hizo un gesto de brindis con su taza de café—. A eso mismo me refiero, y por eso es por lo que me gustaría encontrar a nuestro amigo Timothy y saber qué tiene para decirnos. Dos desapariciones tan vinculadas, dudo que resulte una mera casualidad…

—Yo también lo dudo. Si sumamos esto a la actitud de los Douglass, con Charles viniendo incluso a mi casa, y a las rotundas declaraciones de Michael Strutt, afirmando que ese no era el Stanley que él conoció…

—Ya no quedan dudas de que aquí hay algo que no encaja, algo que huele muy mal.

Se quedaron unos segundos en silencio. El detective terminó su café. Lydia se dedicó a reflexionar, sosteniendo la taza humeante en la mano, a medio camino entre su boca y la mesa.

Hasta que apoyó la taza y se puso de pie:

—Tú también adivinaste que yo decidiría viajar —dijo—. Eso es justo lo que haré.

—¿Irás a Florida a revisar los archivos de la universidad en busca de nuestro fantasma llamado Timothy?

Lydia asintió con la cabeza.

—Muy bien. —David sonrió—. Tienes pasta de investigadora. Si en los próximos meses no consigues un empleo que te conforme, quizá me podrías ser útil en la comisaría.

—No te apures, ya veremos si soy digna de recibir elogios. Espero conseguir algo útil en Tallahassee.

—Sé que lo harás —dijo David, ahora en un tono más serio y a la vez afable—. Hoy me toca pagar a mí. Cuídate.

Lydia volvió a asentir y salió de la cafetería.

147

2 2

Lydia Chen ya viajaba en el Focus, camino a Tallahassee. Se dijo que, hasta que no resolviese el caso, ya no volvería a mandar sobre el ritmo de su propia existencia, sino que serían los indicios, los testimonios, las corazonadas respecto al asunto de Stanley los que dictarían su rutina diaria.

La posibilidad de que el caso quedara sin resolver no le pasaba por la cabeza, ni siquiera toleraba planteárselo por un segundo.

Una vez más, estacionó el auto afuera y recorrió a pie el bello campus de la Universidad Estatal de Florida. Sin embargo, en esta ocasión no pretendía demorarse en la contemplación arquitectónica ni en la de los parques y las arboledas.

Ingresó al edificio principal de la universidad.

Por fortuna, la mujer que la recibió en la sección de informes no era la misma de la vez anterior. De haber sido así, y si aquella mujer la recordaba, Lydia se hubiese visto obligada a admitir que había mentido y que no era una periodista.

Estaba cumpliendo, se dijo, el rol de una *policía*. Recién en ese momento Lydia cayó en cuenta de ese hecho evidente. Se sintió rara pero no incómoda. Por el contrario, la inesperada representación de ese papel al que la llevaron las circunstancias tenía algo de estimulante. Su presente le recordaba a esas películas de Hollywood en las que un periodista se introduce en un misterio más siniestro de lo que parece y termina descubriendo en su interior un coraje que desconocía.

Claro que esto era la vida real, en la que no siempre las acciones derivaban en un final feliz. Y claro que Lydia experimentaba cierto temor. Pero ese escalofrío que le recorría la carne cuando pensaba que la desaparición de Stanley podía relacionarse con algún acto criminal, y por ende, ponerla a ella en peligro a medida que se acercara a su resolución, todo ese conjunto de sensaciones ambiguas que le ponían la piel de gallina y sacudían su interior con una rara *electricidad*, todo eso formaba parte del estímulo.

La mujer que la atendió resultó ser tan amable como la primera de aquella vez. Lydia le explicó la situación, sin detalles, pero con absoluta sinceridad: necesitaba información sobre un posible alumno de la institución de nombre Timothy Sands. El motivo era que Sands podía estar relacionado con la desaparición de Stanley Douglass, diez años atrás.

Aunque la mujer había empezado a trabajar en la universidad recién hacía dos años, ya estaba enterada del caso Douglass. Lydia comprendió que Stanley se había convertido, con el tiempo, en una suerte de leyenda, tanto por sus particulares características personales como por su extraña desaparición en aquella ruta.

La mujer estaba al tanto, incluso, de que Stanley había regresado con sus padres hacía algunas semanas, así que Lydia debió contarle que él sufría de amnesia —usó ese impreciso término solo para simplificar la explicación— y por eso no conseguían averiguar qué había sucedido realmente.

Lydia, cuando se lo proponía, podía resultar encantadora. Así que invirtió unos minutos más de charla, referida a Stanley, para ganarse la simpatía de aquella mujer. Pronto tuvo acceso a los archivos de la universidad. El secretario, un chico joven, la acompañó hasta la oficina en la que los almacenaban.

Alcanzaron el fondo del pasillo, subieron una escalera y dieron un giro más antes de llegar a la oficina en cuestión. Como en ese momento no había nadie allí, el secretario se quedaría con ella. Lydia se dijo que mejor así: si se cruzaba a alguien con mayor autoridad, de seguro la sometería a preguntas incómodas que la distraerían de su labor.

Además de infinitos cajones, había una computadora en la oficina que daba acceso al servidor principal de la universidad y a la base de datos. El secretario le dijo que él introduciría la clave si es que ella la necesitaba. Lydia le dijo que lo hiciera, y un par de minutos después estuvo en condiciones de realizar la búsqueda. Tipeó el nombre de Timothy y se alegró de comprobar que sí había resultados, y con nombre y apellido exactos.

—Raro que no salga la foto —dijo el secretario, que miraba el monitor junto a ella.

—¿A qué se refiere? —preguntó Lydia.

—En la vista previa que está viendo usted, antes de acceder a la información detallada, suele aparecer la foto de los alumnos. Justó allí, donde ahora usted ve ese rectángulo gris.

En efecto, Lydia comprendió que en ese rectángulo debería de ir una foto, al estilo de las del DNI.

Y se dijo que había festejado antes de tiempo.

Hizo clic en la vista previa. Allí aparecieron los campos de datos: nombre, edad, situación académica, años en que cursó, dirección, teléfono, nombre de los padres, etc.

Por desgracia, todos los campos estaban vacíos, salvo el del nombre.

—Supongo —le dijo Lydia al secretario, corriéndose para que él contemplase con comodidad la pantalla— que esto debe ser incluso más raro que la ausencia de foto.

El joven asintió con la cabeza.

—No podría haber estudiado en la universidad si nosotros no hubiésemos contado con esos datos —dijo.

—Es posible que se haya inscrito y después abandonado muy rápido los estudios, a tal punto que no cursara ni siquiera una sola clase y por eso nadie completara su información.

El secretario ahora usó la cabeza para negar.

—Apenas un alumno se inscribe y paga la primera cuota de su matrícula, la totalidad de sus datos es ingresada. Y esos datos no se borran nunca, aunque el alumno hubiera cursado un mes. No sé qué pudo haber pasado en este caso particular.

—Piense, por favor. Es importante.

Pero, aunque sin dudas conocía su lugar de trabajo y poseía mucha información sobre los procedimientos, el joven secretario no parecía muy fértil en la elaboración de ideas. Su semblante desconcertado no le daba esperanzas a Lydia. Trató de proponer ella alguna solución:

—¿Es posible que algún virus haya atacado la base de datos de la facultad? ¿O que alguien haya pedido eliminar la información? —Lydia pensaba a medida que hablaba, y aquella última pregunta le provocó otra—. ¿Es posible que alguien pida eliminar sus datos?

—Debería revisar los reglamentos. Creo que en casos excepcionales se puede solicitar, aunque no se me ocurren motivos por los que a alguien le molestaría aparecer en nuestro registro de alumnos.

A Lydia sí se le ocurrían motivos, y muy graves.

—Disculpe que le cause tantas molestias —dijo—, pero me gustaría revisar los archivos en papel, si es posible. Insisto en que se trata de un asunto de vital importancia.

—Será un trabajo titánico para usted, pero si así lo desea, no habrá problema con eso —respondió el secretario—. Yo saldré ahora de aquí y pasaré cada tanto a comprobar que todo vaya bien.

—En verdad se lo agradezco mucho.

El secretario se fue a cumplir con sus tareas. Lydia contempló la enorme cajonera y se dijo que el joven tenía razón: aquella sería una tarea titánica.

Abrió uno de los cuatro cajones que abarcaba la letra S. Allí había archivos de todos los alumnos en la historia reciente de la Universidad Estatal de Florida.

Gastó las yemas de los dedos recorriendo los legajos, y se gastó la saliva mojándoselas cuando le costaba separar una carpeta de otra. Se tomó el trabajo de comprobarlo dos veces y debió llegar a una conclusión descorazonadora: ni rastro de Timothy Sands.

Sin embargo, esa ausencia de información ratificaba que algo andaba mal con ese chico y que probablemente algo había tenido que ver con la desaparición de Stanley. Tantas anomalías juntas no podían atribuirse a una mera casualidad.

En ese momento desconcertante, Lydia se sobresaltó debido a dos leves golpes en la puerta de madera.

Volteó. Se trataba del secretario:

—¿Encontró lo que buscaba, señorita? ¿Se le ofrece algo más?

Y a Lydia se le iluminó la mente: por más esfuerzos que hubiese puesto el propio Sands, o una tercera persona, en borrar esos datos, existía un registro académico del que no había modo de borrarse.

—Quisiera ver los anuarios —dijo Lydia—. En concreto, el correspondiente al año en que Stanley Douglass estudió aquí.

Lydia pensó que otro tipo de persona, quizá un ciudadano de Nueva York, no hubiese conseguido reprimir cierta expresión de fastidio ante los pedidos interminables de ella. Sin embargo, el secretario se mostró tan solícito como lo fue desde el primer instante.

—Los anuarios los guardamos en otra oficina, a unos pasos de esta. Acompáñeme y le mostraré el que me pida.

En efecto, caminaron unos pocos pasos hasta llegar a una estrecha puerta de madera. El secretario sacó un nutrido llavero del bolsillo y, con una pericia que a ella la sorprendió, encontró la llave correspondiente en un par de segundos. Abrió y entraron.

Esta oficina resultó ser más amplia y elegante que la otra, que más bien se asemejaba a lo que realmente era: un depósito.

Ahora, en cambio, Lydia se hallaba en un ambiente impecable, dominado por un enorme escritorio de madera que resplandecía por el barniz. Alrededor había cajones, igual que en la oficina anterior, pero aquí se hallaban empotrados en una enorme estantería construida con idéntica madera a la que hacía brillar a la mesa.

El secretario le preguntó a Lydia por el año que le interesaba, y ella se lo dijo.

El joven se paró frente a los cajones, mirándolos. Sin duda buscaba la ubicación en su archivo mental. Cuando la encontró, abrió el cajón que correspondía. Y segundos después le entregó a Lydia un libro grueso, de tapa dura y color celeste.

—Aquí está. El alumno que busca debe estar aquí.

Al recibir el libro abierto en las manos, Lydia no reprimió su nostalgia académica: recordó los pasillos y claustros de

Emory, las anécdotas y bromas durante los almuerzos con sus colegas, incluso las discusiones intelectuales que a veces se pasaban de la línea y derivaban en el plano personal. Los anuarios irradiaban un aura única, eran casi una versión secular de los textos sagrados de las religiones.

Lydia pasó las páginas con mayor lentitud de la que hubiese necesitado para su búsqueda, deteniéndose en zonas del libro que, ella lo sabía muy bien, no le aportarían datos. En esos momentos, tendía a olvidarse de su misión: se regocijaba con las fotos del campus y los textos informativos —historia de la Universidad Estatal de Florida, nombre de sus autoridades—. Y justo cuando pensaba en otra cosa y se dejaba arrastrar por la nostalgia, apareció, sacudiéndola de nuevo hacia la realidad del aquí y ahora, la foto de los alumnos. Aparecía allí el mesurado retrato de Stanley, y también el semblante sonriente y espontáneo de Michael Strutt. Y también había una de un joven con una expresión bastante más seria, un rostro áspero y que incluso podría haberse considerado de cierta aflicción. En el epígrafe bajo esa foto se leía: Timothy Sands.

El retrato, que lógicamente tenía diez años de antigüedad, era pequeño y de una calidad que hoy se consideraría mediocre. Aun así, se percibía un ligero parecido entre el rostro del chico aquel y Stanley Douglass, aunque Lydia consideró la posibilidad de que cierto grado de sugestión influyera en su juicio. Muy a menudo, en cualquier circunstancia de la vida, uno veía lo que deseaba o esperaba ver.

Lydia desvió la mirada y recordó la existencia del secretario. El joven seguía allí, de pie, muy cerca de ella.

Lydia le acercó el anuario abierto y le señaló la fotografía de Timothy:

—Sé que las universidades digitalizan los anuarios desde

hace un tiempo. ¿Es posible que exista una versión digital de estas fotos?

—Son de hace diez años, no de hace cincuenta, así que deberíamos tener una. Deberé fijarme en la oficina a la que fuimos antes. Venga conmigo.

Regresaron a la oficina anterior. El secretario se sentó frente a la computadora, ingresó a la base de datos y, metiéndose a gran velocidad en distintas secciones, dio con los anuarios. Abrió el archivo PDF que buscaba Lydia.

—Aquí está —dijo.

Lydia se acercó para verlo.

—¿Podría enviarme ese archivo por correo electrónico?

—Por supuesto, deme su dirección y se lo enviaré ahora mismo.

Lydia le dictó la dirección y el secretario le adjuntó el archivo en un mensaje.

—Muchas gracias —le dijo ella—. Ha sido muy útil todo lo que usted hizo por mí.

—Es mi trabajo, señorita. Espero que consiga resolver el asunto de Stanley.

Ese comentario final le recordó a Lydia que no estaba investigando un caso vinculado con un alumno cualquiera, sino con uno de los más queridos de aquella universidad. Quién sabe, se dijo: si las cosas iban bien, quizá consiguiera un puesto en Florida. A decir verdad, era un modo egoísta de pensar en el asunto; pero el altruismo puro no iba a darle a ella de comer, ni financiaría los estudios que necesitaba para mejorar y aplicar su novedoso tratamiento.

Así que, si tenía éxito en la resolución del caso —concluyó—, serían más que apreciados ese tipo de «efectos colaterales».

Lydia agradeció la buena atención al secretario y a la empleada de la recepción, y abandonó el campus.

Se subió al Focus y decidió pasar por la casa de Michael Strutt. Le preguntaría qué sabía de Timothy Sands, que había sido su compañero además del de Stanley.

Iba a llamarlo desde el teléfono antes de pasar, pero desistió: prefirió darse un baño de optimismo y manejar hasta allí y tocar el timbre sin avisarle de su visita.

En el camino recibió un mensaje. Aprovechó la espera en un semáforo para revisar el celular y comprobó que se trataba de David Wilson. Le preguntaba si había novedades.

«Pronto te enterarás», le contestó Lydia, y con una ligera sonrisa en la boca volvió a guardar el celular.

Llegó a la casa de Strutt.

Se bajó del Focus y tocó el timbre.

Por fortuna estaba en casa, y abrió bastante rápido.

—Hola, Lydia, qué sorpresa.

—Disculpa que venga sin avisar, es que acabo de hacer un descubrimiento interesante, y es posible que tú me puedas ayudar a entender sus implicaciones. ¿Estás ocupado?

—No mucho. Pasa.

Se sentaron. Lydia no aceptó la invitación a tomar algo, dijo que necesitaba apurarse.

—Michael, ¿recuerdas a un tal Timothy Sands? Asistió contigo y Stanley Douglass a la Universidad Estatal de Florida.

—Sí, su nombre… —Michael se puso de pie y empezó a dar vueltas, intentado recordar.

—Tenía cierto parecido físico a Stanley. —Lydia abrió, desde el teléfono, el correo electrónico que le envió el secretario. Descargó el PDF con el anuario y le mostró a Michael la página en donde se veía el rostro de Sands.

—Sí, sí… Creo que él había formado parte del equipo de ajedrez, junto con Stanley.

—¿Stanley era bueno para el ajedrez?

—Sí, muy bueno.

A Lydia no le sorprendió que un chico con las condiciones de Stanley hubiese sido hábil para ese juego, sino que ella se enterase recién ahora. Aunque, a decir verdad, no debería sorprenderse demasiado: no se trataba de la primera omisión por parte de los Douglass.

—¿Algo más que recuerdes de él? —preguntó Lydia.

El joven lo meditó unos segundos.

—La verdad, apenas se me vienen a la cabeza unas vagas imágenes. No sé por qué, pero ese rostro que acabas de mostrarme lo recuerdo siempre serio, retraído, como oculto entre otras personas y otras caras. Esa clase de gente que parece colocarse, no sé si por decisión propia o no, siempre al margen de todos, a un costado del escenario en que ocurren las cosas. Digamos que, si la vida fuese una fiesta, ese tal Sands sería uno de esos invitados que concurren de mala gana y que, víctimas de la timidez, se quedan a un costado, sin bailar ni divertirse ni conversar con nadie, y tratando incluso de evitar esos contactos con otros, como si pudieran contagiarle alguna enfermedad. No sé si entiendes lo que quiero decir…

—Te entiendo a la perfección, Michael, has sido muy ilustrativo. Y lo que acabas de decirme coincide con el perfil de sujeto que yo imaginaba.

Lydia se puso de pie.

—¿Qué sucede con este Timothy Sands? —le preguntó Michael—. ¿Crees que tuvo algo que ver con… con lo que le ocurrió a Stanley hace diez años?

—Todavía no estoy segura de nada, son apenas suposiciones. Aunque cada vez tienen bases más firmes.

Lydia consideró que el joven Strutt, por su eterna disposición a colaborar, merecía enterarse de los progresos en la investigación. Así que le contó los motivos que a ella y al detective Wilson los llevaban a sospechar de Sands: su ausencia durante la investigación original de la desaparición de Stanley, y su extraña desaparición de las bases de datos.

—La verdad —dijo Michael— es que el asunto no huele muy bien. Por favor, avísame si descubren algo.

—Te mantendré al tanto, has sido muy importante para nosotros, y vuelvo a darte las gracias.

Michael dijo que no era nada y la acompañó hasta la puerta.

Afuera, mientras Lydia manejaba el Focus, el sol todavía colgaba del cielo. El clima era agradable, y durante un par de horas seguramente se mantendría así. Faltaba para que anocheciese.

Se detuvo en un bar y pidió un jugo de naranja. Aprovechó la señal de wifi para enviarle al detective Wilson un correo electrónico con el archivo del anuario. Después le envió un mensaje de texto avisándole que le había mandado el correo. Sin duda David contaría con herramientas mucho más sofisticadas que las de ella, y quizá él consiguiera algo analizando el retrato de Timothy Sands, aunque la calidad no fuese la mejor.

Salió del bar y se metió de nuevo al auto. Manejó hasta toparse con uno de los bellos parques que hay en Tallahassee. Esta vez había llevado una muda de ropa: se cambió dentro del auto y se estiró antes de realizar sus ejercicios aeróbicos. Correr no solo la ayudaba a mantener la salud y la forma física, también la ayudaba a pensar. El deporte disminuía los niveles de ansiedad y —expresado en términos no muy científicos, aunque bien claros para el común de la gente— purificaba la mente y oxigenaba el cerebro. Y todo eso era lo que Lydia necesitaba en ese instante.

Una hipótesis horrible acechaba sus pensamientos. No era nueva: ya la había sospechado desde su primera discusión con los Douglass. Sin embargo, a cada momento cobraba más fuerza. Lydia quería agotar el resto de las posibilidades antes de aceptar algo tan espantoso. Una cosa era aceptar, de manera universal y teórica, que la mente humana carecía de límites, al menos en lo referido a la locura y la perversidad; y otra cosa muy diferente era enfrentarse a la evidencia concreta, a la terrible constatación empírica de ese hecho general.

David Wilson no había finalizado su jornada en la comisaría cuando recibió el mensaje de Lydia Chen. Le contestó con uno de agradecimiento.

Descargó y abrió el PDF adjunto, y no demoró mucho en localizar el retrato de Timothy Sands.

En su mensaje, Lydia le decía que no había examinado

con atención las otras páginas, por falta de tiempo. David, entonces, se aplicó a esa tarea.

Descubrió el rostro de Timothy Sands en una foto del equipo de ajedrez de ese año. Justo al lado de él, sonriente, se ubicaba Stanley Douglass. De seguro acababan de obtener un triunfo en algún enfrentamiento con otra universidad o quizá se trataba de una foto realizada *ad hoc* para el anuario.

La verdad era que las circunstancias de la foto, de momento, no le interesaban al detective Wilson.

Encontró alguna imagen más de Timothy, todas en situaciones de grupo. No daba la impresión de ser un chico que gustara de la cámara o intentara destacar en el grupo, por el contrario, siempre solía aparecer un poco apartado del resto.

Aunque en las exactamente seis fotos grupales que, según contó el detective, Timothy compartía con Stanley se lo veía muy cerca de él. En todas. Sin excepción.

David copió las imágenes de los retratos de Timothy y de Stanley, que seguían siendo las más claras. Las abrió en el Photoshop. Se incorporó, caminó hasta la puerta de la oficina y la abrió. Sin salir, de pie en el vano, llamó a uno de sus hombres, experto en reconocimiento facial:

—¡Andrew! Ven aquí, te necesito.

Andrew, que tenía su propia oficina cerca de la del detective, apareció a los pocos segundos.

—¿Qué necesita, detective Wilson?

—Quiero que veas algo.

Entraron. David le mostró los retratos de los dos jóvenes, uno al lado del otro.

—¿Crees que hay alguna semejanza?

—Sin duda se parecen —dijo Andrew.

—¿Uno podría hacerse pasar por el otro sin que personas muy allegadas al suplantado lo notasen?

Con el semblante, Andrew se mostró dubitativo ante la posibilidad de aquello.

—¿Y si uno de ellos dijera ser el anterior —insistió el detective—, desaparecido hace diez años?

—Creo que será mejor que me explique de qué va el asunto.

David le explicó lo sucedido con Stanley Douglass. Mientras lo hacía, buscaba en los archivos una foto del Stanley de diez años atrás, sacada poco antes de su desaparición.

—¿Te creerías que este joven —David señaló la foto de Sands en la pantalla— podría ser este otro, pero crecido?

En el segundo caso David señaló la foto del Stanley diez años menor.

—Quizá sí —dijo Andrew—. En estas situaciones son importantes las ganas de creer que cada uno tenga.

Wilson sonrió.

—Por ese tipo de comentarios, más allá de tus conocimientos, es que eres un buen agente, Andrew.

—Gracias, señor.

Andrew le pidió permiso a David y ocupó la silla frente a la computadora.

Unos retoques de Photoshop bastaron para convertir la foto del Stanley de hace diez años en una casi idéntica a la del Timothy Sands de la misma época.

—Como ve, me resultó bastante fácil. Eso muestra la similitud en los rasgos. Me hubiese llevado muchísimo más trabajo convertir en iguales a dos personas de aspecto muy diferente, hubiese terminado por deformar una de las fotos. Aquí, sin embargo, bastaron algunas pinceladas.

—Bien, Andrew. Es todo. Te agradezco la colaboración.

Andrew se despidió y salió de la oficina.

David miró las dos fotos, ahora convertidas en «gemelas» gracias a la pericia informática de su agente.

La conclusión a que lo llevaba todo eso le revolvía el estómago. Pero su trabajo lo había llevado a entender que la verdad no se caracterizaba por resultar agradable o simpática, sino más bien por ser implacable. Se la podía negar o aceptar, pero era la que era. Y ante su contundencia no había nada que hacer.

Miró la hora en la computadora y consideró que, ante la ausencia de malas noticias, podría dar por terminada su jornada laboral.

Estaba por salir cuando oyó el sonido del teléfono.

Atendió. Era un agente que acababa de atender una denuncia por parte de los Douglass.

Y el detective se dio cuenta de que, sobre lo de las malas noticias, había cantado victoria demasiado pronto.

Al día siguiente Lydia se presentó en la oficina de David Wilson. No lo llamó antes, igual como hizo con Strutt. La entusiasmaba la información que había traído de la universidad.

El detective se encontraba disponible. Las noticias que le transmitió él le quitaron el entusiasmo.

—Stanley Douglass ha desaparecido. Otra vez.

Lydia se quedó en silencio durante unos segundos, absorbiendo el golpe. Respiró hondo y dijo:

—¿Cuándo?

—Ayer en la tarde sus padres llamaron a la comisaría.

—¿Quién llamó? ¿Charles?

El detective asintió con la cabeza.

—Sí, llamó él. Dijo que Stanley debió haberse ido mientras Vivian y él dormían una siesta. Durante los últimos años había sido Vivian la que adquirió la costumbre de dormir por la tarde, en especial después de su cáncer y las dolencias derivadas que se prolongaron en el tiempo. Pero el día de ayer Charles, siempre según su testimonio, decidió dormir un rato también. Dijo que habría dormido una hora, una hora y media, no más.

—Y cuando se despertó, Stanley no estaba.

—Exacto. No debió recurrir a ningún plan sofisticado para escapar. Simplemente, tomó la llave y abrió.

—Los Douglass no tomaron ninguna medida a pesar de saber que los dos estarían durmiendo y Stanley se quedaría despierto en su cuarto. Eso significa que…

—… No se les pasaba por la cabeza que su hijo quisiera irse de la casa.

Lydia se tomó unos segundos y se puso a pensar. El detective Wilson se quedó en silencio.

Ella dijo:

—Debería ir a la casa de los Douglass. O *deberíamos*, si tú quieres acompañarme.

El detective asintió:

—Te estaba esperando para hacer eso. —David sonrió—. Vamos, esta vez me toca conducir.

Durante el trayecto David recibió una llamada. Después de colgar, le informó a Lydia que el caso acababa de reabrirse. La nueva desaparición de Stanley justificaba de sobra la decisión y sus superiores ya no dudaron más de que ese era el camino adecuado.

Frenaron el auto y bajaron. Frente a la puerta de los Douglass, dispuesto a golpear, David dedicó a Lydia una última mirada cómplice de autocompasión, como la de dos animales que se dirigen al matadero. Los dos sabían que no los esperaba un recibimiento cálido y afectuoso.

Y no se equivocaron.

—Váyanse de aquí —les espetó el señor Douglass. Ni

David ni Lydia recordaban haberlo visto jamás tan alterado. Contrario a su mujer, era un hombre que solía mantener la compostura incluso en sus enojos.

Si Charles se encontraba en ese estado, Vivian, cuya figura ellos contemplaban acercándose por detrás de su marido, había directamente mutado a una bomba de tiempo humana.

—¡Ustedes lo echaron de aquí! —bramó la madre de Stanley—. Es por su culpa que él se fue, y en especial por los métodos perversos de esta mujer.

Vivian se refería, por supuesto, a Lydia. Y a ella miraba mientras seguía hablando:

—Pediré una orden de restricción si no me dejan en paz. No me interesa que usted, Wilson, sea policía, acudiré a las instancias que deba recurrir. Iré a tirarle la puerta abajo a un juez si eso es lo que se necesita para que ustedes dos se mantengan lejos de aquí para siempre. Ustedes me robaron a mi hijo: ustedes me arrebataron la última oportunidad que yo tenía de vivir con Stanley. De usted, Wilson, necesito ayuda policial, no que vuelva a mi casa con esta mujer.

En esa ocasión no se pudo entablar un diálogo. Ni siquiera fueron más allá del vano de la puerta: Charles Douglass se las cerró en la cara después de permitir que su mujer descargara todo su odio contra David y Lydia.

—Ya que nos gusta hablar de intuición —dijo David a Lydia mientras los dos se alejaban y regresaban al auto—, mi intuición detectivesca me dice que ya no les caemos bien.

—Se nota que eres un sabueso —replicó ella.

Los dos echaron a reír, por lo bajo. El humor, aun en las peores situaciones, siempre era una buena medicina.

Por ahora, la única que tenían a mano.

Lydia regresó a Tallahassee, con una autorización escrita del detective Wilson —que además se había comunicado por teléfono con sus colegas— para acompañar a la Policía local en la investigación sobre Stanley Douglass. Sin embargo, allí no solo se investigaría su paradero actual, después de su última desaparición, sino que se dedicarían a indagar qué había sucedido con él hacía una década, aquella primera vez que se alejó de su casa y sus padres.

Lydia se encontró dirigiendo a un equipo de policías que sabían mucho menos que ella sobre el caso. Sus conocimientos y su natural tendencia al liderazgo consiguieron que los jóvenes oficiales, algo reacios al principio, aceptaran con naturalidad que ella les diera órdenes. Aunque, desde ya, se cuidaba de no excederse en su inesperado rol y enunciaba las órdenes como quien pide un favor.

Uno de los oficiales, más retrasado que los demás, llevaba atados con una correa a un par de perros entrenados. Aunque a menudo, por la notoria fuerza de los animales, daba la impresión de que los perros lo llevaban arrastrando a él.

Ahora se hallaban en la ruta en donde Stanley había desaparecido la primera vez. Claro que pocos rastros podían quedar a esa altura del partido, así que ningún sentido tenía llamar a un forense. Por otra parte, la Policía ya lo había hecho una década atrás.

—¿Podríamos adentrarnos en el bosque? —le preguntó al agente que se encontraba más cerca de ella, y que formalmente tenía a cargo a los demás. Era un poco mayor que el resto, la miró con expresión dubitativa:

—¿De verdad cree que hallaremos algo allí o que el propio Stanley Douglass pudo haber regresado a este lugar?

Lydia se preguntó si lo que funcionó con el detective Wilson funcionaría con este agente. Y no se resistió a decirle:

—Llámelo una intuición, una corazonada. No soy un policía, como usted, pero también tengo de esas.

El policía sonrió, quizá porque entendió que aquella frase hablaba bien de los policías. Volteó y ejecutó con la mano un gesto hacia los demás, indicándoles que se acercaran:

—Vamos, muchachos, nos meteremos aquí dentro.

Atravesaron la frondosa vegetación. Lydia agradeció que no fuese de noche: debía de admitir que hubiese resultado bastante terrorífico.

—Deberíamos haber traído un maldito machete para cortar las ramas —dijo uno de los agentes, apartando precisamente una rama de su rostro. Era delgado y usaba lentes.

—Cuida tu lenguaje, Hawkins —dijo el agente que caminaba al lado de Lydia—. Hay una dama entre nosotros.

A Lydia la hizo sonreír esa suerte de machismo inconsciente y bienintencionado. Se preguntó si guardarían los mismos reparos verbales en presencia de las mujeres policías, o a ellas ya las considerarían iguales a sus colegas hombres por el mero hecho de estar uniformadas.

Caminaron una buena cantidad de metros. El agente que iba junto a Lydia le preguntó si su corazonada seguía viva.

—Concédame un poco más de caminata, oficial —dijo ella—. Le prometo que, si dentro de unos minutos no encontramos nada interesante, nos iremos de aquí.

El agente asintió con la cabeza. Lydia volteó, con el mayor disimulo posible, y observó la expresión de los otros agentes. Lucían rostros serios, que acaso atestiguaban una profesional resignación. El único que a todas luces se veía disgustado era el que antes se había quejado por las ramas.

Llegaron a un claro, detrás de la que notoriamente disminuía la densidad del follaje. De hecho, y salvo por el tamaño mucho más reducido, se asemejaba en mayor medida a un parque —de esos en los que Lydia acostumbraba a correr— que a un bosque.

Los perros, hasta ese momento callados, comenzaron a ladrar.

Lydia volteó de nuevo. Y contempló —igual que todos— el espectáculo de los animales enloquecidos, como si llevaran semanas sin comer y acabaran de encontrar un suculento pedazo de carne. Ahora sí: no cabían dudas de que eran los perros los que arrastraban hacia adelante al oficial que a duras penas los contenía.

Guiados por los perros, a los que pusieron delante, siguieron caminando hacia el frente.

—Al fin se terminaron las mald... las molestas ramas —dijo el agente quejoso.

Nadie más habló. El ladrido de los perros los había puesto a la expectativa.

—Supongo que encontramos algo —le dijo Lydia al oficial de mayor edad.

Él asintió con la cabeza sin dejar de mirar hacia el frente.

Los perros enloquecieron aún más. Y, detrás de un par de

árboles bajos, apareció ante todos el presunto motivo de aquella conducta.

Se trataba de una choza, la primera construcción humana que ellos veían desde que ingresaron en el bosque.

El agente de mayor edad les hizo un gesto a dos de sus hombres, que se acercaron a la choza junto con él. Con un ademán, le indicó a Lydia que se quedara en donde estaba. Se llevaba la mano al cinturón, donde tenía su arma.

Por un momento, Lydia pensó que alguien saldría de allí de forma sorpresiva y se enfrentaría a los oficiales. La atemorizó la perspectiva de hallarse en medio de una lluvia de disparos.

O quizá el propio Stanley se hallara allí.

El oficial al mando confirmó que no había presencia hostil, y los perros arrastraban más que nunca al agente a su cargo, golpeando con sus patas los extremos de la choza.

Lydia todavía ignoraba que una de las hipótesis que se le acababan de ocurrir terminaría siendo correcta, y de la peor manera imaginable.

Aunque se prometió dejar el tabaco de manera definitiva, el detective Wilson no solo fue incapaz de cumplir con esa promesa, sino que durante los últimos días había aumentado su consumo. Ahora le pedía fuego a uno de los agentes, mientras contemplaba esa escenificación del *déjà vu* que implicaba la búsqueda de Stanley Douglass.

Mientras Lydia buscaba alguna pista de Stanley en Tallahassee, todos lo buscaban en Savannah, otra vez: igual que hacía diez años. Y, otra vez, sus padres se movían en medio de una maraña de agentes equipados con perros, binoculares y altavoces con los que llamaban al joven extraviado.

La diferencia, se dijo el detective, era que Charles y Vivian estaban más viejos que antes. Y sus rostros, mucho más cansados. De hecho, Vivian literalmente se apoyaba en Charles, como un borracho que recurre a un amigo. Daba la impresión de que, si él se movía un paso hacia el costado, ella iría a dar de bruces contra el suelo.

En ese momento se encontraban a unas pocas cuadras de la casa de los Douglass. Haría unos diez o quince minutos que la búsqueda había comenzado. Sin embargo, Vivian no soportó más revivir aquella situación. Seguramente, se dijo David Wilson, no soportó la pérdida de su hijo, replicada diez años después. Y por eso, concluyó el detective, había sucedido con ella lo que él antes había intuido que sucedería: Vivian se desmoronó.

Fue un desmayo que, al parecer, Charles Douglass consiguió anticipar. Por eso la aferró con fuerza antes de que se desvaneciera del todo, y consiguió soportar el peso hasta que dos agentes se acercaron y le prestaron ayuda. Entre los tres la apoyaron en el piso, y otro agente tomó su teléfono y pidió ayuda médica. Solo de milagro, o más bien por la siempre providencial intervención de su marido, Vivian Douglass no terminó cayendo y golpeándose contra el piso. David pensó que, de haber sido así, el señor Douglass se habría visto obligado a enfrentar dos tragedias simultáneas, y quizá aquello hubiese sido demasiado para él.

Unos diez minutos bastaron para que la sirena de la ambulancia se hiciera oír por todos. La búsqueda había sido interrumpida hasta que los médicos se llevaran a la señora Douglass, de seguro acompañada por su marido.

El detective, a decir verdad, guardaba pocas esperanzas de encontrar a Stanley. Él también revivía la historia de su propio fracaso.

La vibración del celular, reclamándole atención desde el

interior de su bolsillo, lo alejó de aquellos pensamientos desagradables. Antes de atender observó en la pantalla la procedencia del llamado. Era Lydia, una modesta esperanza nació en su espíritu cuando ella le informó acerca de su hallazgo en aquella choza.

Días después David Wilson observaba otra escena de búsqueda, y fumaba otro cigarrillo. Confiaba en que fuera el final, tanto de las búsquedas como del tabaco al que acudía por el estrés de esos días.

En las afueras de Savannah un grupo de asalto de la Policía había rodeado un apartamento de aspecto bastante ruinoso. Mirando la puerta, David pensó que no haría falta pegarle muy fuerte para que se cayera a pedazos.

Además de frágil, aquella puerta de madera se veía sucia, abandonada. No se necesitaba ser Sherlock Holmes para darse cuenta de que había pasado un considerable tiempo desde la última vez que alguien vivió allí.

Aunque también cabía la posibilidad de que alguien acabara de refugiarse allí recientemente y quisiera que el lugar continuara produciendo en los observadores esa sensación de propiedad sin habitantes.

De hecho, y gracias a la información y los descubrimientos recientes, el detective Wilson sospechaba que esta última alternativa era la correcta. Lo sospechaba y también lo deseaba.

Siguiendo el estricto protocolo, el agente al mando del grupo policial se anunció en voz alta, indicándole al fugitivo —si es que se encontraba dentro— que se dispondrían a entrar si es que en los próximos segundos él no se entregaba por su cuenta.

David no estaba a cargo de la operación, su rol era el de investigar y no el de coordinar operativos de captura. A veces lamentaba perderse el protagonismo en lo que él llamaba «la catártica conclusión» de los casos. En términos más rupestres: sentía que a él le tocaba descubrir el camino hacia la tienda y siempre era otro quien se llevaba las golosinas —salvo que, por azares y circunstancias de la investigación, el propio Wilson se enfrentara al sospechoso antes que nadie.

Más allá de estas consideraciones, que él mismo condenó por su innegable cuota de infantilismo, el detective chupaba con fruición ansiosa la punta de su cigarrillo y rogaba que el oficial a cargo consiguiese el éxito. El hombre se llamaba Mike Patterson, viejo conocido de él, y poseía la experiencia y la capacidad necesarias para lidiar con los problemas que a menudo surgían durante las capturas. Los criminales no solían ser gente dócil, ni con voluntad de favorecer la misión de las fuerzas del orden.

No hubo respuesta, y Patterson volteó hacia sus hombres. Les hizo un inequívoco gesto con la cabeza.

Iban a entrar.

Prometiéndose que aquel sería el último, David se prendió un cigarrillo más.

Uno de los agentes de Patterson se adelantó a su jefe y pateó la puerta. Lo que antes David pensó sobre la puerta y el estornudo había sido una obvia exageración, aunque no por tanto. Dos patadas bastaron para resquebrajar la madera, y una vez hecho el agujero, el oficial introdujo la mano y trató de abrir con una llave puesta desde adentro que al parecer no encontró. Entonces, obedeciendo una segunda seña de Patterson, otro agente se adelantó junto con él. Entre los dos arrancaron las maderas.

David se adelantó, con irrefrenables deseos de contemplar con mayor precisión lo que sucedía. Se quedó al margen, sin ánimo de obstaculizar el trabajo de sus colegas, pero lo suficientemente cerca como para vislumbrar el interior de la casa.

Los dos agentes que habían arrancado las maderas fueron los primeros en entrar. David oyó, fuerte y claro, el clásico grito de advertencia.

—¡Alto, policía! Levante las manos y quédese donde está.

David Wilson apretó el puño, aunque restaba un último detalle para completar su felicidad.

Patterson entró al sucio apartamento. Segundos después, él y los dos agentes que habían entrado antes salieron de allí con un hombre esposado. Se trataba de un hombre joven que iba también con la cabeza gacha. Si bien no oponía resistencia, tampoco parecía muy dispuesto a caminar. Los policías casi tenían que arrastrarlo, y Patterson le gritaba al oído:

—Mueve las malditas piernas, que no soy tu maldita madre y no te voy a llevar alzado.

«No soy tu maldita madre». David se preguntaría, bastante después, cómo le habrían caído esas palabras al joven esposado.

Los dos agentes llevaron al joven a la presencia de David, que tiró su cigarrillo a medio fumar.

Patterson venía caminando detrás de ellos.

—¿Este es el hombre que buscabas, Wilson?

David asintió.

—Bien —siguió diciendo Patterson—. Lo llevaremos a la maldita comisaría.

Por el momento, David Wilson no acertaba a decidir si el hombre que acababa de tener enfrente, y que ahora los policías estaban metiendo cabeza abajo en el patrullero, era o no un maldito. Costaba imaginarse los motivos por los que había hecho lo que Lydia y él llegaron a la conclusión que hizo.

Hasta ahora la única certeza que poseía el detective era la de la identidad de ese hombre. Se llamaba Timothy Sands, aunque hasta hacía muy poco tiempo se le conoció con el nombre de Stanley Douglass.

David sacó el teléfono del bolsillo y escribió un mensaje dirigido a Lydia Chen.

~

Lydia leyó el mensaje y respiró aliviada. Aunque a aquella paz, a ese apacible sentimiento que provocaba la consciencia del deber cumplido, la cubría una indudable amargura.

Lydia no podía sacarse de la cabeza aquel hallazgo de unos días atrás en Tallahassee. Recordaba el momento de un modo vívido, más vívido incluso que los automóviles que pasaban junto al suyo ahora mismo, cuando manejaba hacia el St. Joseph's Hospital, en la ciudad de Savannah, en donde reposaba Vivian Douglass.

Le llegaban imágenes de la maltrecha choza, rodeada por los ladridos de los perros que resonaban en el silencio del bosque.

Y uno de los policías que descubre dentro de una bolsa aquella sorpresa macabra: la osamenta que, tal como después confirmarían las pericias forenses, pertenecía a Stanley Douglass. Lo que quedó del cuerpo sin vida de un chico de poco más de veinte años, escondido allí como basura que se lanza debajo de la alfombra.

Así, con esa imagen tan repulsiva y dolorosa, se cerraba el círculo. Las sospechas que Lydia tuvo desde un principio respecto al supuesto Stanley, y que después compartió con ella el detective Wilson, se confirmaban con la más atroz contundencia.

Una vez más la verdad salía a la luz: evidente, terrible, inmodificable.

Por fortuna, Timothy Sands no poseía demasiados recursos, y tampoco habría estado en sus planes que alguien descubriese su macabra sustitución. Por eso, de seguro, no se había guardado bajo la manga ningún «plan B». Una vez reabierto el caso Douglass, y confirmado por David Wilson que la búsqueda de Timothy sería de absoluta prioridad, la policía encontró la última dirección que había constado en los registros. Resultó ser el apestoso apartamento en el que, según acababa de avisarle David en su mensaje, arrestaron al joven hacía unos minutos.

Lydia se dio cuenta de que ya había llegado al hospital. Ahora tenía novedades que contarles a los Douglass. No serían fáciles de digerir para ellos, pero al menos pondrían fin a todo ese asunto. Saber que Stanley nunca había vuelto, ni nunca volvería, les permitiría acceder a un duelo reparador. Al menos, eso era lo que Lydia deseaba desde lo más íntimo de su ser.

TRAS PREGUNTAR AL RECEPCIONISTA Y, una vez en el segundo piso, a una de las enfermeras, Lydia localizó la habitación en la que Vivan Douglass reposaba desde su último ataque. Su frágil estado de salud previo había agravado las consecuencias del desmayo, que para una persona de buena salud no hubiese implicado más que un mal momento por la baja de presión. No obstante, y por fortuna, Vivian se encontraba ya fuera de todo peligro, y si la retenían en el hospital era por razones de prevención. David Wilson, días atrás, se había encargado de hablar con las autoridades y explayarse sobre la fuga del que ella llamaba su hijo, aduciendo que la señora Douglass se encontraba pasando por una situación de alta tensión nerviosa que no se modificaría hasta el fin del caso. Así, los médicos acordaron con él que lo mejor sería no darle el alta, y evitar funestas consecuencias ante futuras malas noticias.

De todos modos, y aunque fuera en un ambiente controlado y con todos los medios de salud a disposición, las noticias debían de ser dadas tarde o temprano. Lydia decidió que se haría cargo de ello.

Caminaba por el pasillo y vislumbró cerca del final, sentado en un banco largo de madera, a Charles Douglass. Se detuvo por un momento, respiró hondo y siguió caminando.

Él volteó, y dio muestras de haberla visto cuando ella ya se hallaba a un par de metros de él.

Lydia se frenó, se quedó parada. Charles la miraba a los ojos. Había allí una extraña mezcla de odio y melancolía, como un enemigo que se sabe derrotado. Aunque Lydia jamás los vio a él y a su esposa como enemigos, sino como aquellas personas a las que intentaba ayudar. De seguro los Douglass no habrían percibido la situación de igual manera.

Lydia lo sabía bien por su trabajo: cuando la vida nos trata de una forma que consideramos injusta, necesitamos hallar un chivo expiatorio. Necesitamos alguien a quien poder señalar con el dedo y a quien aullarle en el rostro la pregunta que nunca obtiene una respuesta:

«¿Por qué? ¿Por qué me ha sucedido esto a mí?».

—¿Puedo sentarme, Charles?

Él asintió con la cabeza, sin hablar, con un rostro que ahora lucía pétreo, despojado de toda emoción.

Lydia se sentó a su lado, aunque a una distancia prudente, en el largo banco de madera. Había otras personas, en otros bancos, sin duda pendientes de la evolución de los que yacían internados dentro de las otras habitaciones. Cada cual tenía su historia, se dijo Lydia. A ella le tocaba protagonizar esta, junto con Charles. Podría haberle tocado la de la habitación de al lado o la de más al fondo. Y supo que, si en cualquiera de estas hubiese existido un misterio que descubrir, ella habría puesto el mismo empeño en develar la verdad.

La verdad y nada más que la verdad. Siempre.

Lydia miró a Charles. Él miraba hacia el suelo, como si las respuestas pudieran encontrarse allí.

—Encontraron a Timothy Sands —le dijo Lydia—.

Pronto, y más allá de los detalles, él confirmará que a nivel general resultaron ser correctas las conclusiones a las que llegamos con el detective Wilson.

Con lentitud, Charles giró la cabeza y volvió a dirigirle la mirada.

—Muy bien, los felicito a los dos. ¿Quiere usted que la estreche en un abrazo? O quizá espera que le den una medalla.

—No le dije eso en busca de reconocimiento alguno para mí. Yo cumplí con mi trabajo, y también el detective. Era lo mínimo que podíamos hacer.

—No, no en su caso. Usted no tenía la obligación de llevar las cosas tan lejos, y lo sabe. Y también sabe que, sin su intromisión, el detective Wilson nunca hubiera descubierto que Stanley no era quien decía ser.

El tono de Charles era el de un reproche.

—¿Usted cree que hicimos mal? —preguntó Lydia.

Charles volvió a clavar la mirada en el suelo y se abstuvo de responderle.

Lydia recibió un mensaje en el teléfono. Lo leyó.

—Timothy Sands acaba de reconocerse culpable por el asesinato de Stanley, diez años atrás —le dijo al señor Douglass—. Y, por supuesto, ha confesado asimismo que volvió a casa de ustedes haciéndose pasar por él. Lo juzgarán por homicidio y por usurpación de identidad.

—Qué bien —dijo Charles todavía sin mirarla—, se trata de un joven con talentos variados.

A Lydia la sorprendió aquel áspero tono de sorna. Recordó aquel momento en que Charles, cuando la visitó en su apartamento y le pidió que abandonara el caso de Stanley, le lanzó un discurso acerca de la edad y las expectativas que uno tiene en la vida según pasan los años. En aquella ocasión Lydia tuvo la certeza de que por primera vez conocía una parte del rostro íntimo del señor Douglass, ese semblante hecho de deseos, odios y pasiones que todos nosotros escondemos tras nuestra cómoda máscara social. Y ahora, meditando sobre esa respuesta que Charles le acababa de dar, Lydia sintió que se hallaba frente a la otra mitad de ese rostro íntimo: una mitad mucho más oscura y feroz, forjada con la materia del odio y el resentimiento.

Esa mitad oscura que, por qué negarlo, también tenemos todos.

Tras unos segundos de incómodo silencio, Lydia volvió a tomar la palabra:

—¿Usted hubiese preferido, Charles, seguir viviendo en una mentira?

El señor Douglass se incorporó casi de un salto, con una agilidad digna de un hombre treinta años menor. Por un instante Lydia creyó que él era capaz de atacarla físicamente, pero no fue lo que sucedió. Charles se limitó a mirarla con ojos encendidos, unos ojos que también lucían un fuego joven y vivaz, y a la vez destructivo.

—¿La verdad? —le espetó parado frente a ella—. ¿Usted me sigue hablando de la condenada verdad?

Lydia le sostenía la mirada, en silencio.

—¿Tanto ama usted la verdad? ¿Quiere saber qué es realmente eso?

—Charles, escu…

—No la escucharé más, escúcheme usted a mí. —Moviendo el brazo en semicírculo, y mostrando la palma de la mano, Charles señaló el pasillo entero—. Podría hacer el ejercicio, ya que a usted le gustan los experimentos, de preguntarle a cualquiera de los que esperan sentados aquí si la verdad es lo que desean obtener. ¿Por qué no se acerca a los que tienen a un hijo devorado por un cáncer mortal, languideciendo sus últimos días en una de esas habitaciones, y les habla de las bondades de la verdad, y del raciocinio, y de la maldita ciencia? ¿Por qué no les pregunta a los que sufrieron durante la guerra en los campos de concentración o a los que fueron secuestrados por terroristas dementes, o a cualquiera que se haya encontrado o haya tenido a un ser amado en una situación límite? ¿Por qué no les pregunta si lo que más desean en un momento así es la luz de la diosa razón, o si no desean en cambio otro tipo de luz, una que no puede graficarse con números ni estadísticas ni silogismos?

Lydia cerró los ojos y agachó la cabeza, como una pecadora al terminar su confesión. Y, sin embargo, había escuchado más de una vez alegatos similares a los de Charles Douglass, aunque debía admitir que nunca se los pronunciaron con tan elocuente pasión.

—Entiendo, Charles, y yo no creo que la ciencia y el pensamiento sean capaces de abarcarlo todo, y menos de resolverlo. Pero si usted me visitó aquella noche en mi apartamento, sin que su mujer lo supiera, era porque usted era consciente de que como mínimo algo extraño sucedía con Stanley. ¿Hubiera conseguido usted seguir viviendo con esa incertidumbre? ¿En verdad hubiese consentido estirar esa pantomima hasta el fin?

Charles había volteado, dándole la espalda a Lydia. Ella advirtió que una mujer mayor, sentada en un banco a unos metros del que ocupaba ella, los miraba de reojo. En el silencio del hospital, las anteriores palabras de Charles habían resonado con más fuerza que en cualquier otro contexto.

Sin dejar de darle la espalda, apenas girando la cabeza para mirarla de soslayo, Charles dijo:

—Yo hubiese podido vivir con cualquier farsa, durante el tiempo necesario.

—¿Necesario para qué, Charles?

—Para que Vivian fuera feliz. O algo similar. Ya le dije, y

justamente se lo dije aquella noche en su apartamento, que ni ella ni yo pedimos mucho. Perdimos a nuestro hijo diez años atrás y ahora lo habíamos recuperado. Y usted nos lo quitó de nuevo.

El primer impulso de Lydia fue decirle a Charles que ese no era su hijo, sino un perverso imitador. Pero eso él lo sabía tan bien como ella. Y era muy probable que lo hubiese sabido desde antes que Lydia entrara por primera vez en la casa de los Douglass.

—¿Cómo está Vivian ahora, Charles?

El señor Douglass, ahora sí, se dio la vuelta y miró a Lydia a la cara.

—Está mejor. Se mantiene estable. En este momento duerme.

Lydia entendió que, con esa última información no solicitada por ella, Charles quería disuadirla de entrar a la habitación.

Se puso de pie.

—No sé si usted tiene razón respecto a la verdad —dijo—, pero no dudo que tiene *sus* razones, y yo las respeto. Por mi parte, no acepté atender a Stanley para descubrir ninguna verdad, sino para ayudarlos a usted y a Vivian. Si les fallé, les pido disculpas. Dicho esto, le aclaro que mi consciencia se encuentra en paz: descubrimos que hacía una década se había cometido un crimen, y yo puse mi grano de arena en su resolución actual. Stanley, el verdadero Stanley, ahora será velado. Y si usted cree en el alma, en esa esencia humana que está más allá de la razón, acordará conmigo en que a partir de este momento él conseguirá descansar en paz.

Charles la había mirado a los ojos mientras ella hablaba. Otra vez, una mirada melancólica. Lo más semejante a una disculpa, se dijo Lydia, que podría obtener hoy.

—Adiós, Charles —dijo ella—. O si usted lo prefiere: hasta luego.

Cruzándose con las miradas de los sufrientes que esperaban sentados frente a las habitaciones, Lydia atravesó el pasillo. Después bajó por las escaleras y salió del hospital. Tenía pendiente otra charla, acaso más difícil de la que acababa de terminar.

28

David venía de interrogar a Timothy Sands, sin mayores resultados. El chico callaba y miraba hacia el suelo.

Se sentó, apretó los puños, y muy a pesar suyo deseó meterse un cigarrillo en la boca.

No era la actitud de Sands —previsible, por otra parte— lo que le inquietaba. Había otra cosa que se le removía adentro, y él no acertaba a descubrir qué.

Quizá se debiera al paradójico duelo por haber cerrado el caso. A la satisfacción se le sumaba la incertidumbre: ¿qué hacer ahora, una vez logrado el objetivo y saldada la vieja cuenta pendiente?

¿Sobre qué rueda se pondría a girar para olvidarse de que no avanzaba?

Y pensó, también un poco a pesar suyo, que su futuro tenía nombre y apellido.

Lydia Chen detuvo el Focus en la puerta de la comisaría de Savannah. No necesitó anunciarse para pasar: a esas alturas de los acontecimientos, cualquier agente al que le tocase permanecer apostado en la puerta no solo no le impedía el paso, sino que la saludaba como a una vieja amiga.

Caminó por el pasillo que ya conocía de memoria. Sin darse cuenta, entró sin anunciarse a la oficina del detective Wilson. Lo halló detrás del escritorio de siempre, con los dedos entrelazados y la expresión meditabunda, casi melancólica. Se asemejaba más a un intelectual planificando su próximo libro que a un policía.

Sin modificar un ápice su pose, él levantó la vista para mirarla.

—Disculpa —dijo ella—. Debí haber tocado.

Él se puso de pie.

—No pasa nada. Es la ansiedad, me imagino.

—Imaginas bien. —Lydia hizo una pausa y tomó aire—. ¿Dónde está?

—Te llevaré con él.

Timothy Sands se hallaba en un sector de la comisaría que Lydia ignoraba por completo —a decir verdad, ella conocía poco más que la entrada y el despacho del detective Wilson—. Se trataba de una oficina un poco más amplia que la de David, con un escritorio también más grande y que a Lydia le recordó esa especie de mesa de interrogación que suele mostrarse en los policiales del cine y la TV. Un agente joven, al que Lydia había visto alguna vez vigilando la puerta, se encontraba ahora parado contra un vértice de la pared, sin quitar la vista del impertérrito Timothy Sands.

Y pensar que, igual que en aquel cuento de Edgar Allan Poe sobre una carta robada, él estuvo constantemente *ahí*, delante de sus narices. Seguro que él habría escuchado el dicho aquel de «No existe mejor lugar para esconderse que a la vista de todo el mundo», y lo ejecutó al pie de la letra.

Lydia saludó al joven vigilante. Después miró a David y, con la mirada, le pidió permiso para sentarse frente a Timothy. También en silencio, David se lo concedió.

Tomó asiento. David le alcanzó una carpeta, ella ni se había dado cuenta de que él la llevaba encima.

—Esto te puede interesar, Lydia.

Antes de dirigirse al acusado que tenía enfrente, y que continuaba inmóvil y mirando hacia el suelo, Lydia hojeó los papeles que el detective acababa de entregarle. Obviamente, se trataba del archivo de Timothy Sands.

Comprobó que él no cargaba con antecedentes policiales, ni siquiera de los más leves. Juzgándolo solo por los registros, cualquiera lo hubiera calificado como un ciudadano ejemplar.

Aquello probaba apenas una cosa: por más útiles que pudieran resultar en determinados contextos, los registros policiales no servían para contener la entera complejidad de un ser humano.

Y Timothy, sin duda, era más complejo de lo que cualquiera hubiese sospechado a simple vista.

Lydia se demoró unos pocos minutos en leer acerca de la vida familiar del acusado. Timothy persistía en su actitud, que lo volvía indistinguible de una estatua.

—Hola, señor Sands —dijo al fin Lydia—. ¿Puedo llamarte por tu nombre de pila?

Él no contestó.

—Tomaré eso como un sí, Timothy.

Desde su ubicación, ella apenas vislumbraba el rostro de él. Casi le hablaba a la altura de su frente.

—Acabo de leer aquí que te abandonaron de pequeño. Lo siento mucho. —Lydia siguió pasando las hojas, aunque ya había formado en la cabeza su discurso—. También he leído sobre los padres que te adoptaron, después de que pasaste unos años en una institución estatal. ¿Ellos te trataron bien, Timothy?

El acusado seguía inmóvil, en silencio.

—Aquí dice que obtuviste una beca gracias a tu esfuerzo, y así conseguiste estudiar en la Universidad Estatal de Florida. Es curioso, tus notas son buenas, aunque no brillantes, y no hay ninguna mancha en tu expediente. ¿Te llevabas bien con tus compañeros? ¿Y con los profesores?

Nada. Silencio.

—¿Te prestaban atención, Timothy? —Lydia advirtió que el brazo derecho de su interrogado comenzaba a temblar. Un temblor ligero pero inequívoco. Quizá él estuviese apretando el puño, ella no podía saberlo mientras lo mantuviese debajo de la mesa.

Decidió seguir presionando ese punto, que parecía resultar bastante sensible.

—¿Te prestaban tus profesores y compañeros la suficiente atención?

El brazo derecho de Timothy temblaba más y más, y el izquierdo se sumó.

—Creo que no, Timothy. Creo que la atención que te prestaban no era la suficiente para ti. —Lydia se puso de pie, al igual que suelen hacer los profesores para despertar la atención de la clase, o incluso los interrogadores en las películas—. Creo, o al menos tengo la leve impresión, de que había gente a la que le prestaban más atención que a ti.

—Basta —dijo Timothy.

La propia Lydia se sorprendió: había creído que le costaría un poco más sacarle la primera palabra. Con el rabillo del ojo percibió que David y el agente joven se miraban, con sorpresa y quizá con cierta admiración hacia ella. Pero no se dejó distraer por la vanidad y siguió concentrada en el interrogatorio. Debía presionar en ese punto sensible:

—Seguro que había algún alumno que no merecía el cariño y el reconocimiento que a él le daban y te negaban a ti. ¿Cierto, Timothy?

—Le dije que basta. Cállese.

La espalda, los hombros, el cuerpo entero del interrogado empezó a temblar. La bomba estaba activada, se dijo Lydia, solo bastaba esperar a que terminase la cuenta regresiva.

Respondiendo a un ademán del detective Wilson, el policía joven dio un paso al frente y se colocó más cerca de Timothy. Lydia lo registraba todo con su entrenada visión periférica.

—A veces, Timothy —siguió diciendo, apoyando las palmas sobre el escritorio, inclinando el cuerpo hacia su interlocutor—, la vida es injusta. Dos personas superan dificultades, pero la gente de alrededor solo reconoce el esfuerzo de una. ¿Por qué crees que sucede eso?

Timothy ya no decía nada, pero apretaba las mandíbulas y el rostro se le teñía de rojo.

—¿Será porque ciertas, digamos, condiciones mentales, son más apreciadas que otro tipo de obstáculos a los que uno debe enfrentarse en la vida? ¿O será, Timothy, que simplemente hay personas con más talento que otras, y personas que luchan contra la adversidad de mejor manera que otras?

—¡Basta! —aulló Timothy y se abalanzó sobre Lydia—. ¡Cállese!

Lydia se echó hacia atrás y el agente joven alcanzó a contener al acusado.

—¡Ese imbécil no era mejor que yo ni que nadie! —seguía gritando Timothy, aún pelando contra el detective joven que lo sostenía desde atrás. Tanta fuerza estaba haciendo que el detective Wilson debió acudir en ayuda de su subordinado. Entre los dos lo sentaron de nuevo en la silla.

—Quédate tranquilo a partir de este momento —dijo David Wilson con la autoridad que solo dan el oficio y los años—. No te gustaría darme una excusa para encerrarte ahora mismo. Contesta sin ofuscarte.

Timothy asintió con la cabeza, aunque el rencor no desaparecía de su rostro.

—Es tu oportunidad de desahogarte, Timothy —dijo Lydia—. Ya todo terminó, ya sabemos que matase a Stanley Douglass y que tomaste su identidad, con la complicidad más o menos consciente de sus padres. No tiene sentido seguir escondiéndote. Si tienes algo que decir, dilo ahora.

Timothy resopló: Lydia pensó que él estaba expulsando algo que no podía traducirse en palabras, un odio avinagrado por años de acumulación secreta. En ese momento, él debía estar internándose en las cloacas de su propia memoria, atravesando la historia de su dolor, recorriendo un camino tortuoso por su propia mente y hasta por su propio cuerpo, con las venas ya repletas de su propia bilis. ¿Cuán profundo debe ser un odio y en qué medida debe de haberse mezclado con la admiración, como para llevar a alguien a convertirse en aquel que odia?

—Usted ya lo explicó todo —dijo Timothy una vez que consiguió respirar con cierta normalidad—. Solo se equivocó en la última parte, aunque sé que fue una mera provocación. Y sí, caí en su trampa porque nunca soporté a ese canalla de Stanley. No soportaba verlo paseándose por el campus con su cara de víctima, seguramente exagerando con total consciencia los síntomas de su enfermedad, recibiendo el beneplácito de los profesores y los compañeros. ¡Él era el verdadero impostor! Siempre lo fue, desde un principio. Yo no tomé su identidad, porque su verdadera identidad no era esa.

—¿Y tú conociste su verdadera identidad? —preguntó Lydia ahora en un tono calmo y sin sarcasmo alguno.

Antes de responder, él la miró en silencio, masticando rencor.

—Sé lo que insinúa. Usted cree que yo no tenía motivos para odiar a Stanley y sospechar que él simulaba. Usted cree que soy un envidioso y un loco. Pero no, lo que hice no buscaba venganza, sino justicia.

—Yo no creo nada, Timothy. Yo busco la verdad. Yo trato de entender.

—¿Qué verdad busca usted? —La voz del asesino creció en intensidad. El joven policía se acercó dispuesto a contenerlo otra vez, pero su intervención no resultó necesaria. Timothy pareció calmarse solo: aunque seguía enojado, aparentaba estar en control—. ¿Usted muestra *su* verdad aquí mismo, jugando a la detective delante de verdaderos policías? ¿Usted le mostró la verdad al consejo de Emory?

A Lydia la sorprendió ese último comentario, pero reprimió cualquier gesto que pudiera revelárselo a su interlocutor. Ese chico era con toda probabilidad un psicópata, y por ende, resultaba muy astuto y peligroso. Él también sabía buscar puntos sensibles, y cuándo lanzar un golpe sobre ellos.

—Veo que sabes algunas cosas sobre mí, Timothy. Supongo que ese era el uso que le dabas a Internet en la casa de tus padres postizos.

—Todos ustedes, y todos los que están allí afuera, son una sociedad de hipócritas —ahora Timothy habló con tranquilidad, a pesar de sus ojos encendidos de rabia y de la lengua que serpenteaba contra sus dientes.

—¿Por qué somos hipócritas? —intervino Lydia— ¿Porque nos preocupamos por gente como Stanley o por gente como tú? Porque debes recordar que el Estado te brindó asistencia cuando la necesitaste. Nuestro país no es perfecto, y el mundo tampoco. Eso lo acepto sin ningún reparo. Lo que no puedo aceptar es creer que todo ser humano que se cruza por mi camino tiene intenciones macabras.

—No hablo de intenciones, hablo de la maldita manera en que todo funciona. Los profesores y compañeros que le lamían los pies a Stanley quizá no eran malos, no. No poseían la inteligencia que se necesita para la maldad: se trataba de simples idiotas que se dejaban conmover y manipular por ese *freak* que les parecía tan entrañable. ¡Qué bien actuaba el astuto Stanley! ¡Con qué facilidad se hacía querer por las ovejas a su alrededor! Y lo más irónico del asunto era que, como todo buen lobo, Stanley les hacía creer a su rebaño *que la oveja era él*, y no ellos. Y usted sabe muy bien la satisfacción que provoca tratar con enfermos, con gente «con necesidades especiales», como eufemísticamente las llaman los supuestos profesionales de la salud. ¿No se siente bien cada vez que termina de hablar con ellos, Lydia? ¿No sale reforzada su autoestima al saberse mejor que sus pacientes, al comprobar qué tan superior es su inteligencia? ¿No obtiene consuelo ante cualquier dificultad de la vida después de entrevistarse con esos enfermos, y no respira aliviada cuando los abandona y cruza la puerta y recuerda que *usted sí es normal*, que usted sí encaja en esta sociedad en donde todos son enfermos y unos son más aceptables que otros? Y lo mejor de su trabajo es que la satisfacción es triple: refuerza su autoestima, gana dinero y además se engaña a sí misma creyendo que se dedica a eso por puro altruismo. ¡Qué buena mujer es Lydia Chen que dedicó su vida a atender las «necesidades especiales» de los demás! Pero yo sé cómo es en verdad la gente como usted, o como Stanley: egoístas de la peor calaña, de los que se sitúan más alto en la pirámide de la hipocresía.

Durante el discurso de Timothy Sands, Lydia se quedó mirándolo a los ojos, inalterable.

—No eres el primero —dijo—, ni serás el último, en intentar generalizar tu odio para aliviar el peso que se supone cargar con él. Sé que te sirve de consuelo pensar que, en el fondo, todos somos como tú. Que todos seríamos capaces de matar, de mentir...

—Todos mentimos. O participamos de mentiras con absoluta consciencia. Pregúntele si no a Vivian o a Charles Douglass. ¿En verdad cree que por un momento ellos se creyeron que yo era Stanley? Sabe bien que, aunque hubieran pasado diez años, ni el mejor actor o el más avezado maestro del disfraz podría engañar a unos padres respecto a la identidad de su hijo. No sin la colaboración de ellos.

—¿Ahora vas a decirme que les hiciste un favor a los Douglass? ¿Eres consciente del trauma que les causaste?

Por primera vez desde que comenzó el interrogatorio, Lydia percibió en el semblante de Timothy una sutil expresión de remordimiento. Quizá, aplastado bajo el odio y la demencia, persistiesen rastros de humanidad en aquella consciencia perturbada.

—Sí —dijo Timothy—, soy consciente de que les habré causado dolor al matar a su hijo. Y yo había *solucionado* ese dolor, hasta que a usted se le dio por entrometerse.

Lydia iba a contestar, pero el detective Wilson se le adelantó:

—Creo que ya hemos tenido una reunión lo suficientemente extensa. Jack —le dijo al agente joven—, llama al fiscal y dile que ya tenemos la confesión. Llama también a un par de hombres para que te cubran: se terminó tu turno de guardia aquí.

—Váyanse al diablo —dijo Timothy—. Todos.

—Tú ya te quedaste a gusto con tus enfermizos discursos

—contestó el detective—. Ya no volverás a quitar ninguna vida, ni tampoco a usurparla.

Segundos después llegaron los dos oficiales que reemplazarían al anterior en la vigilancia. Lydia y David salieron de allí.

Fue reconfortante: aquella habitación ya apestaba a odio y a locura.

29

Semanas después se confirmaba una dura sentencia para Timothy Sands. El perturbado joven, con una visible resignación, había confesado su crimen ante el juez encargado. Describió con lujo de detalles el modo en que su envidia y odio por Stanley Douglass creció hasta llevarlo a concebir la idea de asesinarlo. Aprovechó que Stanley, contento por estrenar su licencia de conducir, les había contado a sus compañeros de clase los lugares por donde pasearía con su auto. Timothy lo persiguió y lo forzó a chocar, con el objetivo de que el escenario que después encontrara la policía sugiriera la hipótesis de un accidente. Después Timothy cargó el cuerpo inconsciente del infortunado Stanley y lo trasladó hasta el interior del bosque. Allí lo remató con una pedrada en la cabeza y lo abandonó bajo una rudimentaria y bien camuflada choza que construyó con anterioridad, a sabiendas de que necesitaría esconder el cadáver. Su intención era que nadie encontrara el cuerpo, y que, si lo encontraban, se hallase ya lo suficientemente consumido como para que resultara imposible descubrir su identidad. Timothy había subestimado la capacidad de la moderna tecnología forense.

Estos descuidos demostraron que, contrario a la mayoría de los psicópatas, Sands no poseía una mente brillante, aunque sin ninguna duda acusaba el desapego moral que distingue a los portadores de esta patología.

Tampoco fue Timothy brillante en su actuación: diez años después, cuando su propia vida se volvió un completo fracaso, decidió tomar la vida de Stanley Douglass como la suya para salir del hoyo en que se encontraba. Según sus propias declaraciones, se tomó el trabajo de investigar los rasgos distintivos y la conducta de los autistas, una experta Lydia no demoró mucho en advertir las notorias incongruencias. En este caso, no solo varias conductas de Timothy no se correspondían con ninguno de los síntomas usuales, sino que sus gustos y sus memorias diferían demasiado de las del joven cuya vida había tratado de usurpar.

De más estaba decir que si Charles y Vivian Douglass hubiesen querido darse cuenta de aquellas anomalías, lo hubiesen hecho al instante.

Y, en realidad, lo habían hecho desde el primer minuto.

Frente a la tumba de Stanley, acompañado de su mujer y del detective Wilson, Charles Douglass se confesaba con Lydia:

—Sí, lo supe desde el principio —le dijo frotándose los ojos vidriosos—. Y sé que Vivian lo supo también. —Su mujer estaba aparte, hablando con David, y no podía escucharlo ahora—. Los dos hicimos un pacto tácito, y sin decir una palabra acordamos que nos creeríamos la farsa aquella.

—¿Y por qué me llamaron?

Charles dudó antes de responder.

—Yo mismo me pregunto eso. Creo que, en el fondo de nuestro ser, deseábamos equivocarnos y que ese fuera de verdad nuestro hijo. Y deseábamos que usted, una experta, nos confirmara aquel error. Nunca en mi vida deseé estar equivocado como en ese momento.

—¿Sigue creyendo que yo debí mentirles y que debía formar parte de su pacto?

Charles negó con la cabeza. Iba a hablar, cuando lo interrumpió Vivian Douglass, que se acercaba a ellos junto con el detective:

—Usted tenía razón —dijo la mujer, con perlas de llanto reseco brillándole en los pómulos—. Tuvo razón desde el minuto uno. Yo le mostré el color negro para que usted me confirmara que era el blanco, y me enfurecí cuando me dijo la verdad.

—Suele suceder —dijo Lydia, sonriendo, apoyándole a Vivian una mano en el hombro—. A mí quizá me hubiese pasado lo mismo. Nadie es objetivo cuando hay emociones tan poderosas de por medio.

Lydia les prometió a los Douglass que acudiría a ellos cuando la necesitaran. No los dejaría solos.

Tras más agradecimientos, disculpas y reconciliaciones, que incluyeron al detective Wilson, los cuatro se quedaron de pie. Permanecieron en silencio ante aquella tumba.

Y por una vez, todos pronunciaron dentro de sí un unánime deseo:

«Descansa en paz, Stanley».

Lydia y David se habían despedido de los Douglass y caminaban juntos, cada uno hacia su auto. Aparcaron a unos metros de distancia uno del otro.

—Ahora es el momento existencial —dijo él.

—¿A qué te refieres?

—Uno se pone a reflexionar con aire solemne. Dice que la vida es corta y que debemos aprovechar cada segundo y blablablá. Pero, a fin de cuentas, todo el mundo sigue desperdiciando sus días.

Lydia se dio cuenta de que bajo esas palabras se insinuaban otras, quizá más simples de articular, pero más difíciles de decir.

—¿Tú desperdicias tus días, David?

Él se paró en seco, provocando que ella hiciese lo mismo.

—Te invito a cenar, Lydia.

En un sugestivo tono, como de amable burla, ella dijo.

—¿Acaso tienes algún otro caso para mí?

Ahora fue él quien sonrió:

—Solo si quieres aceptarlo. Este viernes en la noche.

—Bien —dijo ella—. Estamos en contacto, detective Wilson.

Antes de que él se subiese a su auto, Lydia volvió a hablarle desde los cuatro o cinco metros que ahora los separaban:

—David.

—¿Qué? —dijo él algo sorprendido.

—Manejaré yo.

El detective fingió una expresión indignada y después volvió a sonreír:

—Me parece bien. Al fin y al cabo, no es lo más importante de la vida. Ni de lejos.

Lydia lo vio subir a su auto. Después puso la primera marcha y arrancó el suyo.

Ya viajaba en el Focus por las hermosas carreteras de Savannah, en el sur de los Estados Unidos. Dejaba atrás la tumba de Stanley y deseaba que los Douglass pudieran dejar atrás el dolor. Se prometió, una vez más, que los ayudaría.

Lydia proyectó en la pantalla de su mente la sonrisa que hacía apenas unos segundos le había dedicado David Wilson. Contempló los parques, los árboles bañados por el sol, el cielo. Contempló también al resto de los vehículos que se movían por el asfalto.

Y todo aquello se le apareció más amplio, más luminoso, más lleno de posibilidades que nunca.

NOTAS DEL AUTOR

La mejor recompensa para mí como escritor es que tú, estimado lector, hayas disfrutado de la lectura de esta novela. La mejor ayuda que como lector me puedes ofrecer es brindarme tu opinión honesta acerca de ella.

Para mí es sumamente importante tu opinión ya que esto me ayudará a compartir con más lectores lo que percibiste al leer mi obra. Si estás de acuerdo conmigo, te agradeceré que publiques una opinión honesta en la tienda donde adquiriste esta novela. Yo me comprometo a leerla.

Si deseas leer otra de mis obras de manera gratuita, puedes suscribirte a mi lista de correo y recibirás una copia digital de mi relato *Los desaparecidos*. Así mismo te mantendré al tanto de mis novedades y futuras publicaciones. Suscríbete en este enlace:
https://raulgarbantes.com/losdesaparecidos

Finalmente, si deseas contactarte conmigo puedes escribirme directamente a raul@raulgarbantes.com.

Mis mejores deseos,
Raúl Garbantes

goodreads.com/raulgarbantes

instagram.com/raulgarbantes

facebook.com/autorraulgarbantes

www.ingramcontent.com/pod-product-compliance
Lightning Source LLC
Chambersburg PA
CBHW031016190726

48286CB00003BA/870